LE MÉNAGE DE LA FLEMME

LE MÉNAGE DE LA FLEMME

101 STRATAGÈMES

astucieux pour réduire au minimum les tâches ménagères

BARTY PHILLIPS

Édition originale publiée au Royaume-Uni, en 2018,
sous le titre *Outwitting Housework, 101 cunning stratagems to reduce your housework* to a minimum, par Michael O'Mara Books Limited, 9 Lion Yard, Tremadoc Road, London SW47NQ.

Textes de Barty Phillips
Illustrations de Andrew Pinder

Édition française

Direction : Catherine Saunier-Talec
Responsable artistique : Cécilia Rehbinder
Responsable d'édition : Lisa Grall
Édition : Florine Marguin
Traduction : Véronique Minder
Mise en page : La cédégraphe
Fabrication : Amélie Latsch

Logo écolo = 850 g

Pour l'éditeur, le principe est d'utiliser des papiers composés de fibres naturelles, renouvelables, recyclables et fabriquées à partir de bois issus de forêts qui adoptent un système d'aménagement durable. En outre, l'éditeur attend de ses fournisseurs de papier qu'ils s'inscrivent dans une démarche de certification environnementale reconnue.

Imprimé en Espagne en août 2022
Dépôt légal : octobre 2022
49-0348-2
ISBN : 978-2-01-946651-0

À ma sœur,
la reine du ménage de la flemme

SOMMAIRE

INTRODUCTION

Vous aurez beau faire, vous n'y couperez pas : que vous ayez une maison ou un appartement, vous devrez un jour ou l'autre y faire le ménage, un point c'est tout. Et cependant, grâce à quelques astuces, vous réussirez à conjurer un désordre récurrent et exponentiel, l'accumulation de poussières, à déloger les taches incrustées et même à « gérer » les poils de vos animaux qui déparent votre pantalon noir préféré.

Certains se vantent d'avoir séjourné dans un hôtel si propre qu'ils auraient pu manger à même le carrelage de la salle de bains. Pour ma part, je n'ai jamais eu envie de déjeuner à même le sol d'un hôtel ni de ma propre maison d'ailleurs, mais je n'en désire pas moins que mon carrelage ou mon parquet (et tout le reste, tant qu'à faire !) soient resplendissants de propreté. La question, c'est de savoir jusqu'à quel point ? Cela dépendra de vous et de vos exigences en la matière, que vous viviez seul·e ou que vous partagiez votre petit ou grand logis avec une ou plusieurs personnes, dont les exigences, justement, diffèrent des vôtres : par exemple, un partenaire de vie vite agacé par quelques miettes sur la nappe ou un enfant qui éparpille ses céréales partout pendant le petit-déjeuner.

En général, plus votre intérieur est ordonné, plus votre ménage est sous contrôle. Et cependant, même avec la meilleure volonté du monde, vous n'empêcherez pas votre chat de perdre ses poils sur le canapé, vos proches d'entrer avec des bottes boueuses ou d'oublier leurs Smartphones, consoles de jeux voire des emballages de papier d'alu renfermant des restes de tortillas ou de fajitas sur ou pire sous un coussin du canapé. Le secret du ménage de la flemme, c'est la décontraction ! S'il n'y a pas nécessité de frotter, récurer et astiquer, épargnez-vous en la peine ! Si vous devez laisser agir tel ou tel nettoyant pendant un certain temps, partez, oubliez-le et faites-vous plaisir : écoutez de la musique, dansez devant votre miroir. Le nettoyant accomplira tranquillement sa mission, vous n'avez qu'à l'oublier jusqu'à ce que sa mission soit accomplie.

Réjouissons-nous !, nous ne devons plus faire ce que nos grands-mères appelaient le « nettoyage de printemps » – déplacer les meubles au milieu de telle ou telle pièce et de les recouvrir de draps pour les protéger de la poussière soulevée par le dépoussiérage ambiant, puis nettoyer devant, derrière, dessous, décrocher les rideaux, précisément, substituer les rideaux en coton « d'été », plus légers aux lourds rideaux en laine

« d'hiver ». Il fallait aussi sortir les tissus d'ameublement (plaids, couvertures, revêtements, housses) et les tapis, et les battre à l'aide d'une tapette à tapis en rotin tressé pour en déloger la poussière.

Je possède un exemplaire de *Every Woman's Enquire Within: A Complete Library of Household Knowledge for all Home-loving Women*, publié en 1940 par George Newnes. Son auteur détaille minutieusement les étapes du nettoyage de printemps, de la « préparation préalable » (retourner les tiroirs de chaque commode afin d'en nettoyer l'intérieur), au nettoyage – cirer les meubles, dépoussiérer à l'aide d'un aspirateur « si vous en avez un », sinon « utiliser une brosse ». Oh, et bien sûr, il fallait aussi faire ramoner la cheminée !

De nos jours, on n'utilise plus le charbon comme source de combustible pour le chauffage, sa suie collante n'encrasse plus les conduits et cheminées. Avec les surfaces et les finitions modernes, et grâce aux aspirateurs, nettoyants et détachants pour textiles, tapis et moquettes, le nettoyage de printemps se réduit essentiellement au lavage des vitres de fenêtres opacifiées par la poussière et autres traînées mises en évidence par les premiers rayons du soleil printanier. Personnellement, je pense que, dans la vie, il y a des activités plus intéressantes que les tâches ménagères, et c'est pourquoi j'ai incessamment cherché le moyen de m'épargner un grand nettoyage annuel, de garder chaque jour mon intérieur propre et ordonné en étant active, mais sans être proactive. Et, dans ce manuel, j'aimerais partager avec vous certaines de mes astuces et découvertes. Il ne s'agit en aucun cas d'un ouvrage clé en main sur le ménage, j'espère seulement qu'il vous donnera des idées et des stratégies pour dominer le chaos et la saleté qui se cachent dans chaque coin et recoin de toute maison et appartement, et n'attendent que de vous sauter aux yeux. Je ne prêche pas la quête de la perfection qui mène inévitablement à la déception et à un sentiment d'échec, mais plutôt le confort et la satisfaction, certes peut-être illusoire, de tenir le désordre et la propreté sous contrôle, et surtout, l'occasion de flemmarder et de buller sur votre canapé, de regarder votre série préférée, dans un intérieur confortable et bien rangé.

1

ÉLECTROMÉNAGER & CO SUR LE BOUT DES DOIGTS

La technologie, nous a-t-on dit, a révolutionné notre quotidien et relégué (plus ou moins) le stress dû aux tâches ménagères au passé. Malheureusement, la technologie en soi peut souvent paraître plus chronophage que le nettoyage et l'époussetage qui en ont favorisé l'essor. Certes, c'est tentant d'acheter l'équipement d'électroménager dernier cri, le plus design, le plus chaleureusement vanté par son fabricant, voire le plus intelligent, mais mon conseil est le suivant : choisissez un petit et gros électroménager à votre mesure. Si vous êtes accro à votre Smartphone, à vous les appareils domotiques qui se contrôlent via une application mobile – par exemple la possibilité de programmer depuis votre Smartphone à quelle heure ouvrir et fermer vos rideaux.

En revanche, si vous êtes dérouté·e par les panneaux de commandes de votre système intelligent de chauffage central, vous répugnerez à commander vos appareils électroménagers connectés – machine à laver ou aspirateur robot – via un terminal mobile. Ainsi, lorsque vous achetez du petit ou gros électroménager, ne vous laissez pas séduire par les promesses de vendeurs qui vous font miroiter les monts et merveilles du XXIe siècle – à moins que vous ne soyez prêt·e à comprendre et à apprécier toutes les subtilités d'appareils souvent sophistiqués. La plupart préfèrent encore un simple bouton de mise en marche à la manipulation d'objets numériques dont les commandes peuvent être parfois simples ou compliquées. Si vous êtes technophobe, favorisez les appareils dont vous maîtriserez le fonctionnement vite et bien.

Simplifiez-vous la vie !

J'en conviens, on est facilement séduit par le design du petit et gros électroménager au point d'oublier l'usage qu'on veut en faire, sa praticité ou son adaptabilité à son habitation, voire à son mode de vie. J'ai une amie qui, pour Noël, a reçu le *nec plus ultra* des grille-pains, métal argenté brillant, équipé de quatre fentes, avec un programme spécial muffins et une minuterie à rebours très sophistiquée. Cette amie vit seule et, sauf exception, ne déguste guère de tartines grillées. Elle aurait aimé en faire cadeau à la famille qui le lui avait offert, car elle était certaine qu'il leur serait beaucoup plus utile, mais ils étaient si heureux de lui avoir fait ce présent. Dans le même ordre d'idées, je suis de petite taille, donc si je me procure les habituelles raclettes à vitre destinées au nettoyage des vitres, je serai pénalisée par le manche, trop court, qui ne me permettra pas d'atteindre le haut de mes fenêtres. Par ailleurs, un seau trop volumineux ne me convient pas davantage, car une fois rempli, je ne pourrai pas le soulever. En soi, ces considérations sont moins insignifiantes qu'elles ne le paraissent, lorsque vous réfléchissez à la fréquence avec laquelle vous utilisez ce genre d'ustensiles.

Dans une famille nombreuse, la robustesse précède la sophistication de la technique numérique. Un appareil simple qui ne comporte pas beaucoup de pièces à assembler sera plus souvent utilisé qu'un autre dont la maîtrise, voire le montage seront chronophages. Un jour, je me suis rendue dans un salon de l'électroménager qui se tenait à Londres. L'une des machines à laver en exposition était d'une simplicité évangélique et ne comportait que deux boutons : marche/arrêt et minuterie. J'ai demandé au représentant de la marque où l'on pouvait se procurer ce lave-linge exceptionnel. « Oh ! m'a-t-il répondu, j'ai bien peur que cet appareil ne soit pas disponible, il est destiné aux pays du tiers-monde. » Je me suis sentie déconcertée, autant que vous l'êtes à la lecture de ces lignes. J'ai une machine à laver avec huit programmes, je n'en utilise que deux.

Votre aspirateur, votre allié

Si vous habitez dans un loft, autrement dit un espace de vie ouvert, minimaliste et avec des « kilomètres » de moquette, choisissez un aspirateur industriel fiable, efficace et durable (il sera toutefois un peu plus bruyant que les autres aspirateurs). Il durera plus longtemps et aura plus de fonctionnalités qu'un aspirateur domestique, à cet égard, il est idéal pour qui a une grande maison et/ou une famille nombreuse – en fonction des intérêts et activités de ladite famille, bien entendu. Les aspirateurs industriels sont généralement plus robustes, ils tomberont moins souvent en panne , ce qui vous évitera de partir en quête de pièces détachées. En outre, il sera généralement plus grand, plus lourd et plus cher que les classiques aspirateurs domestiques (balai, traineau, cylindre). Par exemple, un aspirobrosseur professionnel sera utile dans un espace ouvert et bien dégagé, car il couvre une grande surface à chaque passage. Un aspirateur eau et poussière (appelé aussi aspirateur sec et humide ou aspirateur multifonction) est très pratique dans une grande famille avec des adolescents. Rien ne lui résiste : il aspire absolument tout, de la sciure de bois et des clous à l'eau, par exemple suite à une inondation dans la salle de bains. Au lieu d'un sac, il comporte deux compartiments, l'un destiné aux liquides et le second, aux solides. Ce type d'appareil nécessite un filtre en mousse pour les liquides et un filtre en papier pour les solides ; surtout, n'oubliez pas de les interchanger chaque fois que vous modifierez la fonction de votre appareil. N'oubliez pas non plus de vider le compartiment destiné aux liquides à chaque utilisation, sinon des odeurs désagréables s'en élèveront. L'utilisation et l'entretien de ces aspirateurs multifonction sont bien entendu plus compliqués que ceux des aspirateurs monofonction.

Vous n'utiliserez sans doute jamais certaines fonctionnalités, si intelligentes soient-elles, de tel ou tel aspirateur – par exemple, la pompe de vidange des aspirateurs eau et poussière (autant déboucher votre évier avec une ventouse, n'est-ce pas ?) ou leur fonction de soufflage (feuilles, etc.).

Les aspirateurs eau et poussière professionnels sont puissants et très efficaces, mais ils sont aussi lourds et bruyants : mieux vaut les utiliser dans un garage, un atelier ou dans une école. Les modèles de taille moyenne, plus compacts, sont tout aussi performants. Par conséquent, ils semblent adaptés à une famille nombreuse vivant dans une grande maison. Les petits modèles sont moins intéressants, à moins que votre habitation ne soit de taille modeste ou que vous les destiniez à aspirer des miettes

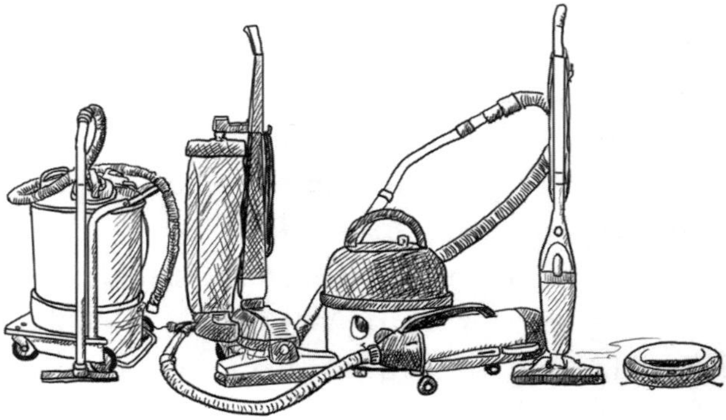

– bien qu'il soit plus rapide d'en débarrasser la table avec un torchon ou avec un ramasse-miettes.

Si vous habitez dans un petit appartement, un aspirateur sans fil avec support mural (et station de charge murale) prendra moins de place et sera tout aussi efficace. Entre ce type d'aspirateurs et les aspirateurs eau et poussière professionnels, il existe toute une gamme d'appareils. Choisissez un aspirateur avec un minimum d'accessoires, évitez de le conserver dans un carton logé sous l'escalier ou au fond d'un placard, où il sera inaccessible. Si vous êtes ordonné·e ou si vous êtes plus souvent à l'extérieur qu'à la maison, préférez un balai mécanique pour tapis et moquettes à un aspirateur peut-être plus encombrant et moins adapté à votre mode de vie. Cet appareil très simple qui fonctionne par des mouvements de va-et-vient manuel. Il est muni d'un balai à tête plate, d'un long manche et de brosses rotatives qui balaient la poussière et les saletés dans un réservoir intégré. Son plus grand avantage ? Son silence !

Effectuez si possible vos recherches sur Internet afin de voir des photos, de prendre connaissance des performances de l'aspirateur choisi, des avis d'autres consommateurs. N'investissez pas sans avoir au préalable testé l'aspirateur de votre choix. Quel qu'il soit, il doit être facile d'entretien (pourquoi pas un aspirateur sans sac ?). Les aspirateurs spécial poils d'animaux équipés d'une brosse mécanisée (turbo-brosse ou électro-brosse) aspirent les poils des chiens et chats, mais retirer les poils et cheveux coincés dans la brosse et qui réduisent sa puissance d'aspiration est parfois fastidieux.

Pourquoi pas un aspirateur robot ?

Pour les technophiles, c'est une façon amusante d'accomplir une tâche pour le moins ennuyeuse. Dans les faits, un aspirateur robot, c'est un peu comme un animal de compagnie : il se promène dans votre maison en aspirant la poussière et les miettes, mais sans avoir besoin de recevoir votre affection ou de la nourriture. La plupart ont la taille d'une grande boîte à chapeau ronde, ils sont noirs ou blancs. Ils sont assez petits, si bien que vous pouvez aisément les loger sous un lit, et ils seront efficaces, à condition que vous viviez dans une maison désencombrée et sans trop d'obstacles.

L'aspirateur robot à mode de déplacement systématique s'appuie sur les données récoltées par ses soins pour se déplacer. Il cartographie la pièce, mémorise et reconnaît l'emplacement des meubles ainsi que les différentes pièces de votre habitation avant de définir le meilleur itinéraire. Vous pouvez choisir les options suivantes : nettoyage automatique, manuel, mode « spot » (ou « localisé », c'est-à-dire une stratégie de déplacement aléatoire ou en spirale), « point clean » (ou « zone propre » – créer des zones prédéfinies), mode « turbo » et capteur de la poussière. La fonction turbo est la plus puissante et efficace. Certains de ces aspirateurs comportent une télécommande, ce qui vous permet de les diriger depuis votre bureau ou de votre canapé, mais le plus ils ont de fonctionnalités, le plus leur prix est élevé. Certains sont munis de brosses latérales qui ramènent les saletés et poussières vers les brosses au centre de l'aspirateur avant de les aspirer, tandis que d'autres comportent des brosses centrales qui soulèvent la poussière, laquelle est ensuite ramenée vers le réservoir. Vous devez charger et remplacer la batterie de certains, ce qui n'est pas toujours simple. Les appareils les moins chers et les plus simples comportent trois commandes, S, M et L (autrement dit, petite, moyenne ou grande pièce), ce qui ne nécessite guère de programmation, mais ils ne nettoient que les sols durs (parquet, lino, carrelage) et les tapis ou moquettes à poils ras. Vous pouvez télécharger une application pour établir un programme de nettoyage à partir de votre Smartphone (et vérifier l'état d'avancement de la tâche, pendant votre absence). En ce qui me concerne, c'est un peu trop sophistiqué. De plus, lorsque je ne suis pas à la maison, j'ai mieux à faire que de vérifier l'avancée de mon ménage !

Être incollable sur les produits d'entretien

Les produits d'entretien conventionnels contiennent de nombreuses substances nocives pour la santé et l'environnement. Vous pouvez dépenser une fortune et acheter un produit spécifique à chaque tâche ménagère, mais à quoi bon accumuler ? De toute façon, vous en achèterez toujours trop ! Et, croyez-moi, vous n'avez pas besoin d'autant de nettoyants à la maison.

Chaque jour, il vous faut éliminer la graisse de cuisson, les dépôts de calcaire, la poussière, et des traces de moisissure. C'est à peu près tout. Et, en réalité, trois produits nettoyants en flacon vaporisateur/spray suffisent pour toute la maison. Vous n'avez pas besoin d'un nettoyant spécifique pour le carrelage, d'un second pour les vitres, d'une troisième pour votre bureau et d'un quatrième pour vos plans de travail. Les ingrédients de base des produits d'entretien sont les suivants :

Acides et bases (ou alcalis)

On compte deux grands groupes de détergents : les détergents acides et les détergents basiques, dits alcalins.

Les *acides* se dissolvent dans l'eau et forment une solution dont le pH est inférieur à 6. Ils ont une action puissante et corrosive. On utilise les nettoyants acides pour éliminer les taches de sang, de gras et de résidus de nourriture ; l'acide phosphorique est le plus souvent utilisé dans ce type de nettoyant. Ce sont les désincrustants et les détartrants.

Les *détergents basiques* ou *alcalins* (soude, ammoniac, potasse, silicate) sont également solubles dans l'eau. Les détergents caustiques sont principalement alcalins et contiennent souvent de la soude caustique. Les bases neutralisent les acides, abîment les fibres naturelles, animales, artificielles ou synthétiques – laine, soie et rayonne – et en modifient les couleurs. Ce sont les dégraissants et les décapants.

Une solution nettoyante neutre ou un nettoyant multiusage réalisera l'équilibre entre acides et basiques, aura un pH de 7 et comme son nom l'indique, sera utilisé pour nettoyer toute la maison.

Vous pouvez acheter les solutions de nettoyage technologiquement avancées, les produits chimiques ou biologiques en gros, donc à un prix plus avantageux, auprès d'un grossiste en produits ménagers. C'est un choix certes économique, mais il vous faudra ensuite prendre des précautions pour transvaser et stocker ces nettoyants à la maison.

Seuls quelques produits de nettoyage vous seront nécessaires sur les centaines qui sont disponibles dans le commerce :

1. Un nettoyant multiusage pour faire le ménage dans toute la maison.

2. Un désinfectant bactéricide, virucide et fongicide pour une hygiène parfaite dans votre salle de bains (douche, baignoire, etc.) et vos sanitaires, ainsi que dans votre cuisine (surfaces alimentaires après préparation de la volaille ou de la viande, par exemple).

3. Un dégraissant pour déloger facilement les graisses, en particulier dans la cuisine. Les dégraissants contiennent des agents alcalins puissants qui saponifient les graisses, lesquelles sont ensuite

éliminées par rinçage (le pH indiqué sur l'étiquette du produit doit être supérieur à 7).

4. Un nettoyant pour vitres, bien que celui-ci soit facultatif si vous suivez mes conseils sur l'utilisation de nettoyants « verts », ou naturels (voir page 155 - *Des surfaces miroitantes éclatantes !*)

J'ai également un spray mousse nettoyante pour tapis et tissus d'ameublement (pour les petits accidents du quotidien). Enfin, si vous avez des meubles anciens ou traditionnels en bois, une cire pour meubles sera nécessaire. Vous ne devriez pas avoir besoin d'un nettoyant four, car vous aurez acheté un four autonettoyant. En tout : quatre types de détergent devraient vous suffire, à moins que vous ne souhaitiez les avoir en double, pour plus de commodité – à la fois dans la cuisine et dans la salle de bains.

Bien sûr, vous économiserez du temps et des efforts si vous essuyez systématiquement les surfaces après usage : par exemple, autour du lavabo et des robinets avec un chiffon en microfibres chaque fois que vous vous lavez les mains. Passez l'éponge sur les plans de travail autour de l'évier et dedans, à chaque utilisation. C'est un minimum, c'est facile et ce sera propre en un tournemain. Cela prend moins de temps que l'utilisation du fil dentaire.

Rangez vos produits d'entretien dans un endroit où vous pouvez a) les voir et b) les atteindre facilement. Si vous avez des enfants, rangez les produits ménagers toxiques sur une étagère en hauteur, hors de leur portée. J'ai entendu l'histoire d'un petit garçon surpris en train de boire un nettoyant pour salle de bains qui avait été transvasé dans une bouteille de sirop qu'il avait trouvée sous l'évier – hôpital, lavage d'estomac. Il s'est rétabli, mais autant éviter...

Adoptez les nettoyants « verts »

Malheureusement, les acides et bases utilisés dans les produits d'entretien conventionnels peuvent être toxiques, provoquer des éruptions cutanées et aggraver des problèmes respiratoires. De plus, ils sont rejetés dans les égouts, aboutissent dans les rivières qu'ils polluent et sont toxiques pour l'environnement – faune et flore. Il existe des nettoyants « verts », ne nous en privons pas !

À vrai dire, il n'est pas nécessaire d'acheter des produits d'entretien acides ou basiques. Si vous voulez être écologique et utiliser des substances plus sûres, moins toxiques pour vous et pour l'entretien de votre intérieur, utilisez le citron et le vinaigre blanc qui sont acides, et le bicarbonate de soude, qui est alcalin.

Vous les utilisez chaque jour lorsque vous cuisinez, vous serez surpris·e par leur efficacité ! Comme ces produits sont comestibles, ils sont également très sûrs à utiliser.

Pour détartrer votre salle de bains, utilisez du vinaigre blanc mélangé à un liquide vaisselle doux et à de l'eau – vous utiliserez avantageusement cette solution pour faire vos vitres. Le jus de citron convient parfaitement au nettoyage de votre four à micro-ondes.

Le bicarbonate de sodium, qui est appelé par abus de langage bicarbonate de « soude » est une base faible que vous pouvez utiliser dans toute la maison. Par exemple, pour nettoyer l'intérieur de votre réfrigérateur. De plus, un petit récipient rempli de bicarbonate de sodium placé à l'intérieur en absorbera les mauvaises odeurs (à vrai dire, il ne devrait pas y en avoir, dans un réfrigérateur, mais pensez-vous toujours à filmer un reste de poisson ?). Vous pouvez également l'utiliser pour nettoyer les plans de travail, les éviers en inox et les plats à gratin encrassés. Utilisez-le à sec, saupoudrez-en sur les paniers de vos animaux ou sur les draps s'ils sentent le moisi. Laissez agir pendant un quart d'heure, et passez l'aspirateur. Surtout, patience ! Laissez le produit agir, cela vous évitera de devoir répéter le processus, voire de frotter. Si vous en ajoutez à de la lessive liquide, le bicarbonate de sodium en régulera le pH et, de plus, il en renforcera l'action. Saupoudrez-en un peu à l'intérieur des chaussures de sport dont l'odeur est nauséabonde, laissez agir pendant une demi-heure, puis secouez. Pour désodoriser une poubelle, il vous suffit de déposer au fond 2 cuillères à soupe de bicarbonate de soude et de placer votre sac-poubelle par-dessus.

Quels chiffons choisir ?

Le chiffon, un détail ? Loin de là ! Il existe des solutions d'essuyage, un vaste choix de chiffons haute technologie et de lingettes désinfectantes – lavette, chiffon en coton, en lin, en cellulose, chiffon à usage unique, les non tissés, chiffons en tissu ou éponge, tampon et tamponge. On n'a que l'embarras du choix. Qu'on se le dise : l'époque des chutes de coupe de couture et de confection, ou encore, de la récupération de pièces usées, enfin, de la « loque » est révolue !

Pour la cuisine, vous pouvez certes utiliser des lingettes désinfectantes, mais si utiles soient-elles, leur usage, unique, est ponctuel, et de plus, elles ne garantissent pas une propreté impeccable des zones de cuisson et de l'évier. De surcroît, si vous utilisez une éponge et un dégraissant, une lingette sera inutile. Dans tous les cas, il y a une règle : étaler et faire sécher rapidement tous vos chiffons après usage, car les bactéries prolifèrent dans la chaleur et l'humidité. Si vous laissez un chiffon en boule à côté des robinets, vous aurez eu beau désinfecter au préalable, ce ne sera pas hygiénique. Mais au fait, quel chiffon pour quelle utilisation ? Privilégiez les microfibres. Ces « chiffons magiques » dégraissent en profondeur, même sans produit nettoyant. Ils s'utilisent secs ou humides, avec de l'eau claire, et conviennent à presque toutes les surfaces, y compris les murs, les rebords de fenêtres, les sols, les tapis, les vitres et les plaques vitrocéramiques ou électriques. Il existe différentes textures : les microfibres absorbantes « bouclées », à l'aspect tricoté, (nettoyage de la cuisine, de la salle de bains et des W.-C), les microfibres spéciales vitres avec leur tissage lisse en nids d'abeille, les microfibres spéciales poussières « gaufrées » qui ressemblent à une chamoisine en fibres de coton et auront un pouvoir électrostatique. Les microfibres existent dans différentes couleurs, ce qui vous permet d'établir des codes couleurs – rouge pour le sol, bleu pour les plans de travail et l'évier, ect. Les microfibres s'utilisent avec de l'eau, sans détergents ni nettoyants d'aucune sorte, et « éliminent 99 % des bactéries, y compris l'E. coli et la Listeria ». Vous n'avez qu'à les rincer après leur utilisation, puis les laisser sécher. Et, à l'occasion, les passer à la machine à laver (sans ajouter d'assouplissant, car cela réduit leur efficacité). Les microfibres sont censées passer 300 fois en machine, c'est dire si elles sont très résistantes !

Rincez soigneusement vos éponges et chiffons, retirez-en les résidus et essorez-les soigneusement après chaque utilisation. S'ils commencent à sentir mauvais, jetez-les.

Un petit mot sur les torchons : ils doivent être absorbants et ne pas laisser de traces. Le champion toutes catégories pour essuyer la vaisselle, en particulier le verre, c'est le 100 % coton qui ne laisse pas de peluches. Ceci dit, un coton de bonne qualité fera aussi bien l'affaire. Il faut les laver fréquemment et, si possible, éviter de les utiliser pour essuyer le plan de travail ou le fond de vos casseroles. Attention ! Lorsque vous achetez des torchons sur Internet : certains sont beaucoup plus petits que la norme (62 × 46 cm), et ces centimètres supplémentaires font toute la différence dans leur capacité de séchage !

Optimisez votre lave-linge !

Les machines à laver les plus sophistiquées sont accessibles à tous les coûts, mais les lave-linges bon marché sont aussi performants. Comment choisir le meilleur rapport qualité/prix ? N'hésitez pas à vous informer, à lire les commentaires des consommateurs sur Internet et à vous intéresser aux caractéristiques spécifiques du lave-linge que vous avez choisi. Par exemple, sa capacité : il faut prendre en ligne de compte les besoins de votre famille et donc le volume du tambour. Pour une famille nombreuse, il conviendra de choisir un lave-linge avec plus grande capacité (afin de laver trois ou quatre paires de jeans, plusieurs chemises et T-shirts et une ou deux serviettes sans tasser). En revanche, si vous vivez seul, ou si vous faites la lessive tous les jours, il est inutile d'investir dans une machine à laver grande capacité. Le mot d'ordre est à l'économie, aussi intéressez-vous de près à l'indice de consommation d'énergie. Le lave-linge doit comporter une étiquette énergétique. Comme l'indique le ministère de l'Économie et des Finances : « L'affichage énergétique de plusieurs catégories d'équipements ménagers (réfrigérateurs, congélateurs, cave à vin, lave-linge, lave-linge séchant, lave-vaisselle, téléviseurs), qui prend la forme d'un classement sur une échelle de A à G, a évolué : les classes A+, A++ ou A+++ disparaissent. Ce rééchelonnement entraîne un reclassement des modèles d'appareils existants dans des classes inférieures à celles qui leur étaient affectées avant le 1er mars 2021. Le reclassement de classe énergétique ne signifie pas que les équipements concernés sont moins performants. Il a en effet été décidé au niveau européen de prendre en compte dans le classement des équipements les évolutions importantes de leurs performances : la plupart d'entre eux ont ainsi atteint voire dépassé la classe A et présentent des performances classées sur une échelle réduite allant de A à A+++. Ce nouvel affichage va de pair avec un renforcement règlementaire du niveau des exigences (par exemple en matière de consommation d'électricité). La nouvelle étiquette rend ainsi mieux compte des performances des équipements et améliore l'information des consommateurs lors de l'achat. »

La technologie des capteurs permet de détecter le poids du linge, de mesurer la quantité d'eau, d'énergie ainsi que la durée du cycle pour éviter un lavage énergivore, mais certaines machines à laver moins chères bénéficient aussi de cette technologie. En théorie, plus la vitesse d'essorage est élevée, plus le linge séchera vite. Les vitesses d'essorage maximum sont généralement comprises entre 1200 et 1400 tr/min, mais certains appareils vont au-delà, et d'autres, en-deça (entre 800 et 1100 tr/min). Le principal intérêt d'un essorage intensif est d'extraire davantage d'eau des fibres de textile : vos vêtements ressortiront ainsi moins humides du tambour et, par conséquent, ils sècheront plus vite. Précision utile : dans la plupart des cas, la vitesse d'essorage est toujours variable.

En effet, elle s'adapte automatiquement aux programmes que vous avez sélectionnés et est plafonnée, afin de bien protéger les textiles délicats. Une machine à laver à basse vitesse d'essorage (moins de 1000 tr/min) est certes moins chère à l'achat, mais à cette vitesse, le taux d'humidité résiduelle est d'environ 60 %. Si cette vitesse d'essorage, qui correspond à un essorage doux, convient à tout type de linge, et en particulier aux tissus fragiles, il vous faut toutefois disposer d'endroits pour sécher votre linge, même en hiver.

Renseignez-vous aussi sur le nombre de décibels (db) pendant le lavage et l'essorage. Un bonne vitesse d'essorage peut aussi vous dispenser de l'achat d'un sèche-linge, et c'est avantageux si vous manquez de place, ou si vous avez un petit budget. Les lave-linges les plus chers peuvent être dotés d'un niveau sonore « *silencieux [whisper quiet level]* » (ou, nuisance sonore minimale), ce qui facilitera la vie de vos voisins si l'envie vous prenait de faire votre lessive pendant la nuit. Sur la nouvelle étiquette énergétique, « la mesure de niveau sonore s'accompagne d'une classe de perception sonore pendant le cycle d'essorage, sur une échelle de A à D ». Quant au choix des programmes, je suis sûre que, comme moi, votre préférence va à la simplicité, et à des programmes courts.

Après avoir choisi votre lave-linge et après l'avoir installé (ou fait installer), vous pouvez en optimiser l'utilisation en prenant la peine de lire (et de comprendre) les instructions du fabricant, qui figurent dans le manuel de l'utilisateur. Mais ne les prenez pas non plus à la lettre ! Par exemple, n'hésitez pas à utiliser moins de lessive que la dose conseillée – le lavage sera tout aussi efficace. Si vous utilisez la quantité recommandée par le fabricant, le rinçage de votre linge sera peut-être insuffisant, vous devrez peut-être en effectuer un second. Un linge mal rincé attire la saleté, les bactéries y persistent et sont la cause d'odeurs désagréables. Le manuel de l'utilisateur indique quel programme et quelle température, conviennent à tel ou tel textile, mais si la plupart des lessives sont très efficaces même à basse température, il est recommandé de laver certains tissus et type de linge à haute température.

Surpassez le manuel de l'utilisateur

Nous faisons la lessive si souvent que nous ne nous rendons pas compte que nous ne tirons pas le meilleur parti de nos lave-linges. Pourtant, vous pouvez le rendre plus performant. Par exemple, en choisissant la température, ou le programme le mieux adapté à chaque lavage. Les basses températures conviennent aux tissus délicats, aux vêtements susceptibles de rétrécir au lavage, ou aux couleurs sombres, qui ont tendance à déteindre. Et, bien sûr, en consommant moins d'eau chaude, vous êtes moins énergivore.

Les programmes à haute température sont destinés au coton et au lin – les serviettes de toilette et le linge de lit, les chemises blanches et les vêtements de travail particulièrement sales, ou ceux avec des taches de graisse (bien sûr, vous éviterez de laver ensemble draps et vêtements).

Le manuel de l'utilisateur ne vous fournit pas toutes les informations utiles : par exemple, pour éliminer l'électricité statique sur les vêtements en synthétique, faites-les tourner à froid pendant une vingtaine de minutes à la fin du cycle de votre sèche-linge. Un cycle de rinçage à froid empêchera également les plis de se former sur les fibres synthétiques. Saviez-vous qu'une serviette sèche placée avec le linge, dans le sèche-linge absorbait l'humidité et ainsi réduisait le temps de séchage ? Le sèche-linge est un moyen coûteux, mais efficace de sécher les vêtements. Pliez les vêtements (s'ils sont complètement secs) dès leur sortie du sèche-linge : vous n'aurez pas besoin de les repasser.

Dans la mesure du possible, choisissez des programmes à basse température, des cycles courts, et utilisez la fonction demi-charge afin d'économiser de l'eau et de l'énergie. Ayez assez de sous-vêtements et de chaussettes afin d'en faire l'économie

et de les laver en une fois. Ne surchargez pas non plus votre machine à laver : les vêtements ont moins d'espace pour tourner et rouler dans le tambour. La surcharge amoindrit la qualité du lavage

N'ignorez pas le cycle de prélavage : le linge est brassé lentement pour une meilleure imprégnation, la lessive est intégrée à l'eau dès le début du processus – peut-être n'aurez-vous pas besoin d'en rajouter au moment de la phase de lavage proprement dite. Le prélavage, c'est le moyen idéal de retirer les salissures qui adhèrent aux vêtements sans avoir à utiliser un programme à haute température, et sans programmer deux cycles de lavage coup sur coup le cas échéant. Lavez les vêtements en synthétique aussitôt après les avoir portés, car s'ils ont des taches, vous aurez du mal à les en déloger. Il en va de même pour la soie, car les taches causées par les déodorants et la transpiration peuvent l'altérer et l'abîmer.

Tout sur les lessives

Quelle lessive utiliser ? Lessive en poudre, liquide, en capsules ou concentrée, ou encore présentée sous forme de tablettes solubles, ou unidoses. Lessive avec une formule classique (diluée) ou concentrée. Lessives spéciales, pour textiles délicats, lessive écologique, désinfectante, hypoallergénique, pour le noir, pour le blanc et les couleurs… le choix est vaste !

Pour commencer, les lessives sont composées d'acides et de bases, comme tous les produits de nettoyage, mais elles comportent aussi des composants complémentaires.

Les fabricants gardent leurs formules secrètes, en particulier vis-à-vis les uns des autres ; la lessive est un concentré d'ingrédients dont le but est d'éliminer les taches et la saleté des textiles, et de leur conférer un aspect frais et propre. Elles peuvent être composées d'ingrédients naturels, biodégradables, issus de plantes et ayant un impact réduit sur l'environnement et sur la santé, ou être synthétiques. La proportion et l'équilibre de ces ingrédients produisent des résultats différents.

Vous avez tendance à acheter votre lessive par habitude ou parce que son odeur vous plaît ? Il ne faut pas sous-estimer la composition des lessives. Regardons-la de plus près.
Toutes contiennent en totalité ou en partie les ingrédients suivants :

Tensioactifs, ou ***agents de surface*** : ils sont à la base de toutes les lessives. En se combinant à la fois aux graisses et à l'eau, ils permettent le détachement des salissures et empêchent leur redéposition.

Adjuvants complexants, ou ***séquestrants*** : ils sont antitartre et renforcent l'efficacité des tensioactifs.

Composés alcalins ou ***basiques*** : ils améliorent

l'action des tensioactifs, maintiennent le pH de l'eau suffisamment élevé, ce qui permet de mieux dissoudre les graisses. Ces composés forment une émulsion, de sorte que les particules grasses ou solubles restent dans l'émulsion et ne se redéposent pas sur le tissu. Les composés alcalins les plus couramment utilisés sont la soude (hydroxyde de sodium) et la potasse (hydroxyde de potassium). La lessive de soude (ou lessive de sodium, ou encore soude caustique) est composée d'hydroxyde de sodium : il s'agit d'une version aqueuse de la soude caustique vendue sous forme de perles, cristaux ou de paillettes). C'est un détergent particulièrement efficace, mais toxique et dangereux pour la santé et pour l'environnement : il doit être utilisé avec protection et des précautions d'usage. Il faut distinguer la lessive St Marc de la lessive de soude ; la lessive St Marc se compose de cristaux de soude (du carbonate de sodium) et est moins agressive que la lessive de soude. Néanmoins, leurs utilisations sont similaires et leurs efficacités, proches. C'est un produit multiusage pour l'intérieur de votre maison (carrelages, murs, canalisations, etc.). En cas d'ingestion de ce type de produits, il faut contacter immédiatement le centre antipoison.

Enzymes : cette famille de molécules s'attaque aux protéines en les découpant en morceaux plus solubles dans l'eau. Elles comprennent les protéases, qui permettent de décomposer les taches dues aux protéines

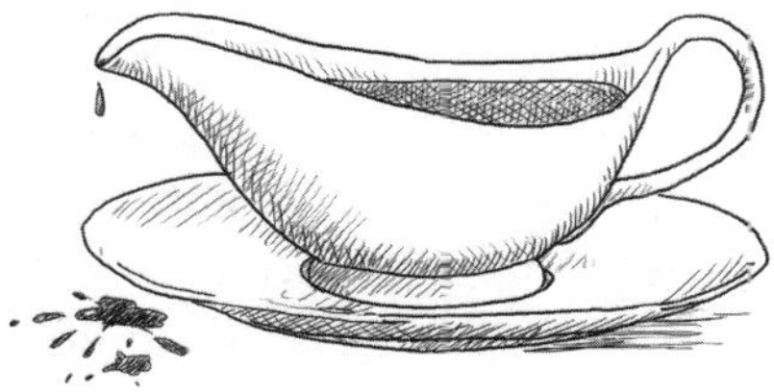

(sang, œuf, sauce), les amylases (les amidons contenus dans les pâtes ou les pommes de terre, par exemple) et les lipases (taches de graisse). Les enzymes sont naturellement présentes dans les organismes vivants (on les trouve, par exemple, dans la levure). Elles agissent à basse température (entre 30 et 40 °C), il est donc nécessaire de réduire la température de l'eau de lavage, et la dose de lessive. En cas de sensibilité aux enzymes, utilisez une lessive bio (elles ne contiennent pas d'enzymes).

Agents de blanchiment à base d'oxygène (percarbonate de soude ou « eau oxygénée solide ») : ils permettent de déloger les taches sur les textiles blancs, mais aussi de raviver l'éclat du blanc grâce à des principes actifs.

Désinfectants : ils comprennent des produits chimiques tels que le chlore, le phénol et les composés d'ammonium quaternaire ; dans les lessives, ces substances sont utilisées pour réduire le nombre de bactéries et d'autres agents pathogènes.

Agents adoucissants : leur but est d'adoucir l'eau pour augmenter l'efficacité de la lessive. Ils contiennent des *conservateurs*, des *solubilisants* qui maintiennent le produit en une seule phase liquide uniforme, des *agents antimousse*, ou régulateur de mousse, des *inhibiteurs de corrosion* pour éviter que les produits chimiques n'endommagent la machine.

La lessive couleur contient les mêmes composants que la lessive liquide, mais en plus, des *fixateurs de colorants* qui préservent les couleurs et évitent leur transfert d'un textile à l'autre. La lessive textiles noirs et foncés contient des agents fixateurs qui préservent et ravivent l'intensité des couleurs noires et foncées. L'effet de ces lessives est purement esthétique. En effet, elles ne rendent pas les textiles plus propres, elles leur donnent un plus bel aspect, mais elles peuvent aussi provoquer des réactions allergiques. Ces lessives peuvent comprendre plusieurs produits chimiques, ce qui donne un cocktail de substances toxiques pour l'environnement et d'allergènes (réaction cutanée et asthme). Bien entendu, certains fabricants proposent des lessives sans allergènes dont les ingrédients et composants sont plus doux.

Les lessives en poudre sont en général très efficaces, moins chères que les lessives liquides, mais elles ne se dissolvent pas toujours correctement dans l'eau froide et parfois, laissent des résidus blancs sur les textiles.

Selon le mode de conditionnement, on distingue trois types de lessive liquide : en flacon, en bidon et en dosettes hydrosolubles, appelées aussi capsules ou unidoses. Dans ce dernier cas, nul besoin de doser votre lessive qu'il suffit simplement de placer dans le tambour. Les « boules de lavage » ou boules « magiques » contiennent des billes de céramique dont l'action n'est pas très claire, mais qui sont censées avoir l'action de la lessive et de neutraliser le calcaire. Certains en vantent l'efficacité. Il ne faut pas les confondre avec les balles de lavage, qui ont une action purement mécanique à la façon dont les lavandières battaient le linge, autrefois, et dont l'utilisation est facile et l'efficacité, incontestable et durable. La plupart des lessives sont efficaces à basse température, mieux vaut choisir une lessive active dès 30 °C du moins, si vous voulez souvent laver à froid.

Vous pouvez aussi fabriquer votre propre lessive, avec du savon de Marseille, du bicarbonate de soude, des cristaux de soude (attention, encore une fois, ne pas confondre avec le bicarbonate de soude !). C'est plus respectueux pour l'environnement, mais probablement moins efficace pour déloger les taches vraiment tenaces. À vous de voir.

Bien laver avec votre lave-vaisselle

Les lave-vaisselles s'alignent dans les magasins d'électroménager ou sur les sites Internet, rutilants, impeccables et efficaces. Lequel choisir ? Si vous n'êtes pas un cordon bleu et/ou que vous prenez vos repas à l'extérieur la plupart du temps, nul besoin d'un lave-vaisselle familial. Si vous aimez cuisiner pour votre famille ou vos amis, assurez-vous en revanche d'acheter un lave-vaisselle à grande capacité qui accueillera des casseroles et des plats de service. Un lave-vaisselle étroit prendra moins de place, sinon, vous pouvez toujours envisager d'encastrer un mini lave-vaisselle sur plan de travail, à côté de l'évier. Et en désespoir de cause… faites la vaisselle à la main ! C'est efficace, c'est prouvé !

En supposant que vous ayez décidé d'acheter un lave-vaisselle, vous devrez, tout comme pour les lave-linges, prendre en considération sa consommation en énergie et l'efficacité énergétique. À l'instar des lave-linges, les lave-vaisselles, comme d'ailleurs tous les appareils électriques (à l'exception des radiateurs) sont classés selon leur niveau de consommation grâce à l'étiquette énergétique. Le mode éco vous permet de réaliser des économies d'eau et d'électricité substantielles. Essayez différents programmes, utilisez le réglage à basse température qui donnera le meilleur résultat. Et si vous êtes respectueux·se de l'environnement, utilisez des détergents pour lave-vaisselle biodégradables et sans phosphates.

La qualité du lavage d'un lave-vaisselle dépend, dans une certaine mesure, de la façon dont vous avez « préparé » la vaisselle sale, c'est-à-dire si vous l'avez trempée au préalable, si vous avez gratté les résidus sur les assiettes ou les fonds de casseroles avant de la charger. Un chargement correct est aussi indispensable, d'ailleurs, certains refusent de déléguer cette tâche : chaque ustensile doit être bien exposé à l'eau ou au bras de lavage (dit aussi bras d'aspersion rotatif), et au détergent, rien ne doit en bloquer la sortie du distributeur. C'est tout un art…

Faut-il choisir un lave-vaisselle avec la technologie Heat Dry (ou séchage à air chaud ou actif ou ventilé ou dynamique) ou AirDry (séchage naturel ou passif) ? Avec le système de séchage Heat Dry, l'air chaud et humide dégagé par la vaisselle est évacué vers l'extérieur de la cuve par un ventilateur (cet air est d'abord mélangé à l'air ambiant pour éviter la formation de vapeur à la sortie du lave-vaisselle). Avec la technologie AirDry, la porte de votre lave-vaisselle s'ouvre automatiquement à la fin d'un programme afin d'évacuer la vapeur.

À chaque système ses avantages et ses inconvénients : un séchage à air chaud ou actif ou ventilé ou dynamique est plus énergivore, donc plus cher à la consommation, mais après séchage naturel/passif, la vaisselle peut présenter des traces de condensation, ce qui vous oblige à l'essuyer avant de la ranger. Surtout, assurez-vous que votre appareil comporte un système de sécurité qui vous permette de verrouiller les commandes et ainsi empêche les enfants de modifier les réglages ou de démarrer le lave-vaisselle inopinément, ainsi qu'un dispositif antidébordement (si vous ne voulez pas transformer l'appartement de votre voisin à l'étage en dessous en pataugeoire).

Après avoir choisi le lave-vaisselle de vos rêves, entretenez-le bien. Quel que soit le modèle, placez-le le plus près possible de l'évier. Utilisez toujours la marque de détergent et le produit de rinçage recommandés par le fabricant. La tentation est grande de surdoser, surtout dans les régions où l'eau est douce, ou si votre lave-vaisselle est équipé d'un adoucisseur d'eau intégré – dans ce cas, et pour une efficacité optimale, il est nécessaire d'alimenter régulièrement le bac à sel du lave-vaisselle avec du sel régénérant. Vous avez peut-être remarqué le ternissement ou la décoloration de vos lames de couteaux et de vos couverts en acier inoxydable. L'association eau chaude et détergents chimiques peut en effet provoquer une décoloration des couverts en acier inoxydable. Il est recommandé de ne pas mélanger l'acier chromé, l'acier inoxydable et l'acier argenté au lave-vaisselle, car la diversité des métaux peut provoquer des réactions chimiques qui provoquent précisément ce phénomène de bleuissement.

Il n'y a aucune contre-indication pour laver vos pièces d'argenterie au lave-vaisselle, mais évitez tout contact de la pièce avec un objet en inox : séparez les couverts dans des compartiments dédiés, les casseroles en inox des légumiers en argent afin d'éviter une oxydation prématurée. Le lave-vaisselle rend vos couverts un peu plus ternes qu'un lavage à la main, mais cela n'altère pas l'argent. Enfin, une trop grande quantité de liquide de rinçage laisse des traces blanches ou grises, et peut même entraîner la corrosion du verre.

Mettre en marche votre lave-vaisselle à moitié vide (ou à moitié plein) est une erreur dont vous verrez les répercussions sur votre facture d'eau et d'électricité. L'idéal, c'est d'avoir des couverts et de la vaisselle en quantité suffisante afin de ne jamais être pris de court. De même, si vous pensez utiliser votre lave-vaisselle comme simple espace de rangement, une fois votre vaisselle propre et sèche, détrompez-vous ! Vous devez le vider dès la fin du cycle de séchage, sinon votre vaisselle gardera des traces, sans compter que, déjà propre, elle sera mélangée à la charge de vaisselle sale suivante, et aura donc droit à un deuxième cycle de lavage, inutile. N'oubliez pas de nettoyer le filtre et les bras d'aspersion (ou bras de lavage) après chaque utilisation – les retirer et les rincer à l'eau chaude ne prend guère de temps, surtout, cela évitera d'éventuels problèmes d'obstruction ultérieurs.

Tous, nous avons connu cette mésaventure : un plat en plastique qui s'est déformé au cours du cycle de lavage. Évitez de placer dans votre lave-vaisselle les ustensiles en plastique sensibles à la chaleur, les ustensiles en bois, les récipients à isolation thermique, les verres avec liserés dorés ou argentés, la porcelaine délicate ou les couteaux professionnels, les objets en fonte, les poteries non émaillées, les ustensiles en métal laqué ou en aluminium. Lavez-les plutôt à la main. Viendra toujours un moment où vous y serez obligé·e. Par exemple, pour laver avec soin le service en porcelaine que vous avez hérité de vos grands-parents ou encore, quelques tasses ou assiettes, parce que des invités sont venus à l'improviste et que vous n'avez plus de vaisselle propre.

Je suis bien consciente que de nombreux lecteurs et lectrices n'ont pas de lave-vaisselle, par nécessité (le coût ou le manque d'espace) ou par choix. Peut-être que, comme moi, vous êtes assez extravagant·e pour préférer faire la vaisselle à la main. Sans doute suis-je l'une des rares personnes à apprécier cette corvée qui, pour moi, n'en ai pas une : je peux choisir mon moment à ma guise, à minuit ou après le petit-déjeuner.

Pour les adeptes de la vaisselle à la main, rien n'est plus économique qu'une bassine ou une cuvette dans l'évier, plus appropriés pour bien laver et nettoyer les ustensiles et objets délicats. De plus, la consommation d'eau est réduite, et le bruit, atténué. Adoptez aussi un ordre judicieux : commencez par ce qui est délicat et fragile – les verres (attention, surtout, n'utilisez pas d'eau trop chaude, ils pourraient se casser), puis les couverts (c'est une tâche minutieuse, autant s'en débarrasser vite !). Bien sûr, vous aurez au préalable laissé tremper les casseroles afin que les résidus alimentaires s'en détachent plus facilement. Les casseroles et poêles aux fonds brûlés nécessiteront un temps de trempage plus long, mais le résultat en vaut la peine.

Faitout, casserole ou poêle…, il est également utile de connaître les différents matériaux et le mode de nettoyage des ustensiles de cuisson. Lavez une casserole, ou une poêle en *aluminium* dès que l'une ou l'autre a refroidi, avec du liquide vaisselle et de la paille de fer le cas échéant. Surtout, pas de cristaux de soude ! La *fonte émaillée* (Le Creuset, par exemple) doit être nettoyée avec une éponge en nylon ou une brosse souple, n'utilisez pas d'éponge dure ou décapante. L'*acier émaillé* s'ébrèche facilement, il faut le traiter avec douceur – utilisez un tampon à récurer double usage. L'*acier inoxydable* ne nécessite qu'un bon temps de trempage, suivi par un lavage soigneux avec du liquide vaisselle. N'utilisez pas de produits abrasifs, essuyez soigneusement lorsque vous avez terminé en utilisant un nettoyant spécial acier inoxydable. Pour les ustensiles en *céramique* et en *verre*, utilisez un tampon à récurer pour retirer les résidus brûlés tenaces. N'utilisez pas une éponge en acier galvanisé, vous risqueriez de rayer le vernis. De même, pour les poêles anti-adhésives, utilisez une éponge en nylon (côté doux) ou une brosse non abrasive.

Batterie de ménage

Tout cuisinier professionnel qui se respecte dispose d'une batterie de cuisine : c'est l'ensemble du gros matériel de cuisson, des ustensiles et des accessoires employés pour préparer et faire cuire les aliments.
Ce terme vient d'une époque où la cuisine française était considérée comme la *crème de la crème*, et où tous les livres de cuisine française comportaient une

liste d'ustensiles essentiels à la préparation de la meilleure béchamel, des *îles flottantes* ou de la cuisson d'un steak haché. La découverte de certains plats étrangers a introduit dans la batterie de cuisine le tagine marocain, le wok chinois et le hibachi (barbecue de table) japonais, etc. qui côtoieront un bain-marie en acier inoxydable !

Et si vous adoptiez une approche similaire pour sélectionner vos accessoires ménagers ? N'avoir que les essentiels destinés avant tout à optimiser votre temps de ménage ? Comment bien tenir son intérieur lorsque le tuyau d'aspirateur est rafistolé avec du

ruban adhésif, que le manche du balai se désolidarise sans cesse de la brosse et que la brosse w.-c. est tellement usée qu'elle n'accède plus aux rebords et brides ? Certes, je ne peux pas vous dire tout ce dont vous aurez exactement besoin, parce que cela dépend si vous vivez dans un manoir, une maison de campagne ou un appartement. Alliez l'utile et l'indispensable à l'efficace dans votre choix.

Voici donc quelques idées pour composer votre « batterie de ménage ». Ne prenez que le nécessaire, ne vous encombrez pas et assurez-vous que ces ustensiles sont à la fois efficaces, pratiques et aussi agréables que possible à utiliser.

Un balai, une pelle et une balayette

Ce sont des incontournables, quelles que soient les avancées technologiques. Quelle fierté lorsque, à dix-huit ans, j'ai acheté une petite pelle en plastique rouge ! Une corvette rouge ne m'aurait pas fait plus plaisir !

Balai mécanique pour tapis et moquettes

Je vous assure qu'on en trouve encore ! Ce sont des objets démodés, manuels, qui semblent plus à leur place dans la série *Downtown Abbey* que dans votre intérieur, mais qui n'en sont pas moins fort utiles, même au XXIe siècle.

Son équivalent, à l'extérieur, c'est la tondeuse à gazon manuelle. Le balai mécanique est destiné aux petites surfaces et aux intérieurs déjà bien rangés. Certains sont multifonctions et maniables, quel que soit le type de sol – sols durs, tapis et moquettes. Un grand avantage (à l'instar des tondeuses à gazon manuelles, pour reprendre ma comparaison) : ils ne font pas de bruit et sont faciles à utiliser.

Aspirateurs

Vous trouverez toute la gamme des aspirateurs électriques : aspirateur traîneau, aspirateur balai, aspirateur multifonction eau et poussière, aspirateur sans fil, et bien sûr les aspirateurs robots (voir page 21 *Pourquoi pas un aspirateur robot ?*).

Balai serpillière

Pour les petites pièces et les surfaces lisses. Choisissez-en un équipé d'une tête pivotante avec des éponges de rechange – c'est l'idéal pour un studio ou une cuisine. Je ne parle pas ici du classique balai serpillière à franges qui doit être rincé, essoré et séché dans un seau, mais du balai éponge, beaucoup plus pratique à utiliser.

Seau

Toujours utile, ne serait-ce que pour rincer et essorer les serpillières textiles classiques et les chiffons.

Raclette à vitre

C'est-à-dire une barrette en inox avec caoutchouc sur un manche ergonomique. Idéale pour nettoyer les vitres. Gardez-en une dans la douche, afin que tout utilisateur puisse (du moins, vous l'espérez) nettoyer d'un coup les traces sur le mur et les parois.

Tête de loup télescopique

Il suffit de lever la tête pour repérer les toiles d'araignée dans les coins et recoins de votre plafond. Mais il y a aussi, invisible, la poussière qui s'accumule sur le rebord supérieur des cadres et des portes. Vous pouvez utiliser un balai, pour dépoussiérer, mais ça n'est guère efficace, en revanche, les têtes de loup télescopiques sont bien adaptées, pour autant, la perche télescopique n'est pas toujours stable et se désarticule, ce qui rend son usage malaisé.

Chiffons

Ils sont indispensables, nous le savons déjà (voir page 30 - *Quels chiffons choisir ?*). Si les chiffons en microfibres conviennent à tous les types de travaux ménagers, vous pouvez aussi vous procurer un plumeau pour épousseter les objets les plus délicats, et un chiffon à reluire voire une chamoisine pour vos chaussures en cuir.

Brosse w.-c.

Indispensable. Une brosse w.-c. doit être robuste, garnie de poils rigides à l'extérieur, et de poils plus doux, à l'intérieur. Cette brosse est destinée à être utilisée régulièrement, souvent, par conséquent, choisissez une brosse coudée pour accéder facilement aux rebords et aux brides.

Voilà, c'est tout ! Telles sont les bases matérielles et logicielles de votre « batterie de ménage ». Au moment de la constituer, n'oubliez pas l'espace de rangement ! Acheter un aspirateur balai est inutile si vous n'avez nulle part où le ranger. Ma petite-fille a la chance d'habiter à Londres et près de son lieu de travail, mais en partageant son appartement avec cinq autres personnes : elle ne jure que par un petit aspirateur à main sans fil, pratique et qui ne prend pas de place. Il aspire la poussière, elle le passe sur les plans de travail, sur la table, sur les plinthes et l'escalier. Elle l'accroche lorsqu'elle a terminé. À vrai dire, dans une habitation de taille modeste, vous pouvez accrocher vos équipements et accessoires, un peu comme dans un abri de jardin bien organisé. Dans la mesure du possible, accrochez les objets au lieu de les laisser traîner et se couvrir de la poussière qu'ils sont censés enlever !

CE QU'IL FAUT FAIRE ☑

- Renoncer à acheter un aspirateur robot, et avec l'argent que vous aurez ainsi économisé, offrez-vous plutôt un soin du visage coûteux dont vous avez envie depuis longtemps.
- Utiliser du papier journal froissé à la place d'un chiffon pour la dernière phase du nettoyage de vos vitres – vous aurez peut-être de l'encre d'imprimerie sur vos doigts, en revanche vous n'aurez plus une seule trace sur vos vitres !
- Avoir toujours des citrons à la maison ! Pour nettoyer votre four à micro-ondes, rafraîchir votre évier, ou nettoyer la planche à découper. Enfin, s'il vous en reste, coupez-le en tranches et congelez-les pour un gin-tonic.

CE QU'IL NE FAUT PAS FAIRE

X

- Acheter un lave-linge et un sèche-linge de taille familiale parce qu'ils sont en solde, mais que vous ne réussirez jamais à monter, par l'escalier, dans votre studette ou studio.
- Ne pas gaspiller votre meilleur vinaigre balsamique traditionnel de Modène pour nettoyer vos vitres – gardez-le pour préparer une délicieuse vinaigrette ou pour accompagner des fraises et de la crème glacée. Le vinaigre de vin rouge est idéal pour détartrer mais pas pour détacher ! Attention aux pigments qui peuvent à leur tour tacher le linge. Le vinaigre blanc les nettoiera mieux et coûte moins cher.

2

DÉBARRASSEZ-VOUS DES NUISIBLES (ET DES AUTRES CRÉATURES INDÉSIRABLES)

Votre famille et vous partagez votre maison ou votre appartement avec les nuisibles qui tirent avantageusement profit de cette cohabitation, à votre détriment. Que vous le vouliez ou non, au fil du temps, votre intérieur accueillera toute sorte de visiteurs et créatures indésirables. Certains chercheront à s'approprier les lieux, tandis que d'autres s'y installeront à un moment donné, brièvement, avant de chercher refuge ailleurs pour telle ou telle raison. Certains sont inoffensifs, énervants, pénibles ou carrément dangereux, selon leur cycle de vie et leurs habitudes.

Dans tous les cas, si on ne met pas bon ordre à la situation, les nuisibles vont se multiplier et vite devenir vraiment très nuisibles. Au mieux, on peut les garder sous contrôle, au pire, c'est-à-dire en cas d'infestation, vous n'aurez d'autre choix que de recourir à des moyens radicaux.

Au cours des ans, j'ai dû faire face à des souris, des rats, des mouches, des mites, des guêpes, des frelons, des moustiques, des fourmis, des araignées, des lépismes ou poissons d'argent, des chats errants, des puces, des vers à bois et à la grosse vrillette du bois (*Xestobium rufovillosum*). Vous entendez gratter, voleter dans vos placards ? Identifiez rapidement le problème, remédiez-y au plus vite, avant qu'il ne devienne plus sérieux.

Les collectivités locales n'ont pas toujours les moyens techniques et financiers de lutter contre certains nuisibles. Vous serez dès lors orienté·e vers une société locale de lutte contre les nuisibles et selon les situations, les frais seront ou non à votre charge.

Les rongeurs

Souris et rats

Dans l'un des appartements où j'ai autrefois habité, j'avais un égouttoir en métal sur le plan de travail. Un matin, en entrant dans la cuisine, j'ai surpris une souris intrépide qui me regardait entre les barreaux. Une seule souris, c'est déjà une souris de trop. Elles se reproduisent en effet vite, et donc très vite vous cohabiterez avec une colonie. L'odeur vous avertira de leur présence, car leurs excréments sur les étagères, les plans de travail et dans les garde-mangers – des crottes qui ont des extrémités pointues et mesurent 8 à 11 mm de long – et leur urine dégagent une odeur nauséabonde. Une souris peut produire 80 déjections par jour. Ces petits rongeurs

laissent des traces dans le beurre, rongent les paquets de farine et même les câbles électriques – pour des raisons inexplicables.

La première étape consiste à leur bloquer les accès dans toute votre maison, par conséquent, vérifiez les grilles de ventilation, les espaces autour de la tuyauterie et des canalisations, les interstices des bas de porte, les plafonds, les conduites de gaz ou d'égout, etc.

Quoi qu'il en soit, les souris réussissent vraiment à se faufiler dans de tout petits espaces. Elles peuvent aussi arriver chez vous par les greniers et les combles où elles se multiplient allègrement – c'est notamment le cas dans les maisons mitoyennes (elles passent des unes aux autres). Le plus souvent, il est impossible de détecter l'endroit d'où elles proviennent, et dans ce cas, il est nécessaire d'avoir recours à des répulsifs. Les plus efficaces sont les répulsifs à ultrasons antirats et antisouris à brancher, ou à piles, ou encore, les répulsifs naturels à la menthe poivrée. À vrai dire, je ne les ai pas essayés, et je me demande s'ils sont efficaces face à une infestation.

Beaucoup pensent qu'un chat domestique est la réponse aux problèmes des souris. Je n'en suis pas certaine. Je me souviens d'avoir découvert mon vieux chat écaille de tortue installé confortablement devant la cheminée avec, à ses côtés, une souris. Celle-ci cohabitait avec nous depuis déjà un certain temps si bien que, manifestement, mon chat la considérait comme un membre de la famille.

Votre option suivante : les pièges à souris. Tout le monde connaît le piège traditionnel à barre et à ressort qui capture la souris attirée par l'appât (généralement, un morceau de vieux cheddar à l'odeur puissante). C'est une solution assez brutale et de plus, le réglage de ces pièges n'est pas sans inconvénient (vous pouvez vous y coincer un doigt). Ils fonctionnent, certes, mais ils sont peut-être moins efficaces sur les vieilles souris qui sont, disons, plus malignes. Conclusion, se débarrasser d'une colonie de souris par ce moyen n'est pas la solution idéale.

Si les pièges à souris létaux classiques vous semblent véritablement barbares, il en existe d'autres types sur le marché, dont le piège électrique. Grâce à son dispositif, les souris sont tuées dès qu'elles entrent ou touchent l'appât logé à l'intérieur : plus précisément, l'appareil tue instantanément la souris par une décharge électrique. Ce type de piège ne représente aucun danger pour les enfants ou les animaux de compagnie. Si vous ne voyez pas le cadavre de la souris, la méthode reste tout aussi cruelle.

Certains pièges capturent les souris vivantes, dès lors, vous faites face à un choix cornélien ; les éliminer ou les relâcher, ailleurs. Mais où ? Chez votre voisin ? Dans le parc le plus proche, où elles mourront, car ce sont des souris domestiques (*Mus musculus*), et non des mulots (*Apodemus sylvitacus*) ? Si vous êtes à bout de ressources, il vous reste le poison. Achetez un appât anticoagulant, un rodenticide très efficace spécialement formulé pour les souris, et suivez les instructions portées sur l'emballage. Il vous faudra peut-être persévérer pendant plusieurs semaines avant de parvenir à un résultat.

Surtout, conservez le poison à l'écart des provisions de bouche, des enfants et de vos animaux. N'en oubliez pas non plus l'existence. D'autres rodenticides, destinés uniquement à un usage professionnel, sont disponibles sur Internet, mais ils sont dangereux, et je vous déconseille de vous en procurer. Pour finir, vous en serez peut-être réduit·e à contacter une société spécialisée dans la lutte contre les nuisibles. Celles-ci proposent des prestations à consonance médicale, telles que « inspection, traitement et désinfection » avec des « programmes sur-mesure », des « solutions de gestion » ou une « inspection caméras endoscopiques ». Les solutions de traitement peuvent s'avérer coûteuses, mais elles résoudront probablement votre problème, à condition que, par la suite, vous trouviez le moyen d'éviter une nouvelle infestation. Dans ce but, certaines entreprises proposent un « service de prévention et de conseils ».

Le mythe urbain selon lequel on n'est jamais à plus de deux mètres d'un rat n'est... qu'un mythe. Pour autant, les rats pullulent dans les grandes villes, et vous en avez probablement déjà croisés – une expérience désagréable s'il en est ! Non seulement les rats sont plus gros, donc plus intimidants que les souris, mais ils exposent également à des maladies et à des parasites. Ce sont des charognards, ils envahiront n'importe quelle maison, à la recherche de nourriture et d'un endroit sûr pour élever leurs petits – chiffons, papiers, poubelles ouvertes et tas de compost avec une bonne proportion de déchets alimentaires. On m'a raconté que des rats avaient fait leur nid dans un vieux pouf retourné dans un garage. Certaines souches de rat ont développé une résistance aux raticides, donc prudence et vigilance, et en cas de suspicion, adressez-vous directement au service d'hygiène de votre mairie – dans certaines communes, les mairies proposent des services gratuits. Sinon, faites appel à une société locale de lutte contre les nuisibles.

Les insectes et nuisibles volants

Mouches

Il existe deux variétés de mouches : les mouches domestiques et les mouches à fruits. Les premières peuvent propager plusieurs maladies aux humains et aux animaux. Elles se reproduisent sur les ordures et sur la viande en décomposition : couvrez toujours les aliments et assurez-vous que les couvercles de vos poubelles soient bien fermés. Nettoyez et désinfectez-les souvent, utilisez des sacs-poubelle à fixation élastique et biodégradables pour vos poubelles à compost qui seront également munies de couvercles hermétiques. Ces précautions d'hygiène s'appliquent également aux zones réservées à vos animaux domestiques et de compagnie qui doivent être aussi bien entretenues que celles réservées à vous, à vos proches et à vos enfants.

Il existe plusieurs astuces pour tuer les mouches domestiques. La classique tapette à mouches vous permet de venir à bout d'une seule mouche à la fois. Le papier tue-mouches, ou ruban antimouches, bien que démodé, existe toujours et est étonnamment efficace – bien qu'il ne soit pas très ragoûtant, de plus, le faible bourdonnement qui peut s'élever des mouches agonisantes peut agacer. Les aérosols antimouches sont efficaces, mais attention, ne pas vaporiser à proximité des aliments ou des personnes ! L'efficacité des diffuseurs antimouches persiste pendant six mois sans nuire à l'environnement et à la santé, mais ne les laissez pas dans des pièces occupées par des personnes âgées ou des enfants.

Les mouches à fruits, ou drosophiles sont plus petites que les mouches domestiques et abondent surtout en été. Elles se développent sur les fruits et apprécient les produits fermentés – la bière, l'alcool et le vin. Elles peuvent se multiplier très rapidement et s'élever en nuée, lorsque vous vous penchez sur un compotier rempli de fruits. Bien entendu, il vaut mieux prévenir que guérir : jetez les fruits trop mûrs et blets, nettoyez soigneusement l'endroit où ces mouches se sont accumulées. Je suis toujours surprise par la rapidité avec laquelle elles disparaissent, une fois privées de leurs aliments préférés. Il y a aussi, bien sûr, les grosses mouches à viande, comme la mouche bleue (*Calliphora vomitoria*) et la mouche verte (*Lucilia sericata*). Elles se comportent à peu près de la même façon que les mouches domestiques et doivent être traitées avec les mêmes produits et en adoptant les mêmes règles d'hygiène.

Les mites de vêtements

La mite de vêtements ou mite textile mesure entre un et cinq centimètres, et est brun argenté. Une seule ponte peut donner une moyenne de 200 œufs qui adhèrent à la surface des textiles et donnent naissance à de minuscules larves. Celles-ci se nourrissent des fibres naturelles, avec une préférence marquée pour la laine et la soie, sans pour autant dédaigner le coton et les fourrures naturelles. Elles s'attaquent aux vêtements, aux tapis, aux rideaux et aux fibres synthétiques, si celles-ci sont mélangées à de la laine ou à d'autres fibres naturelles. Les mites préfèrent les textiles imprégnés par la transpiration ou tachés par des boissons d'origine biologique. Mais elles se nourrissent aussi de plumes, et envahiront même le garde-manger pour se nourrir de farine et de biscuits, ainsi que des produits bio en vrac. Elles préfèrent les endroits chauds et l'obscurité : vérifiez vos armoires ainsi que les bords de vos tapis et moquettes. Les signes révélateurs de leur présence ? Des trous ronds et dentelés de la taille d'un ongle dans les tissus, et parfois si rapprochés qu'ils semblent former une sorte de dentelle.

Les mites s'attaquent aux vêtements que vous portez le moins souvent : surveillez vos lainages et vêtements en coton, les rideaux, les couvertures, les couettes et les édredons que vous remisez dans vos armoires, pour l'été. Les vêtements enveloppés ou enfermés hermétiquement dans des sacs en polyéthylène (ou dans des sacs en plastique dont l'ouverture est rabattue) sont, normalement, protégés, à la condition que les mites n'y trouvent pas le moyen d'y entrer, bien entendu. Vous pouvez suspendre dans vos armoires des pièges à mites à phéromones artificielles qui trompent les mâles et les empêchent de s'accoupler avec les femelles. Les boules de naphtaline, autrefois la solution idéale, sont toxiques, dégagent une odeur forte et de plus, sont

inflammables, donc j'en déconseille l'usage. Quelques gouttes d'huile essentielle de lavande ou d'essence de térébenthine sur un disque de coton, un galet poreux, un morceau de tissu ou une céramique, ou le camphre naturel végétal en résine cristalline (*Cinnamomum camphora*), des écorces d'orange et le poivre noir sont des répulsifs à déposer dans les tiroirs ou à suspendre dans vos armoires. Cependant, même si ces produits ont une odeur délicieuse, ils ne seront pas assez efficaces pour s'en débarrasser, en cas d'infestation.

Dès que vous découvrez dans vos vêtements un trou qui dénote la présence d'une mite ou que vous en apercevez qui volettent, agissez ! Un brossage vigoureux en pleine lumière peut déloger les œufs et les larves, malheureusement, vous en raterez, et c'est inévitable. Si votre congélateur est de bonne taille, congelez-y le vêtement pendant plusieurs jours à une température inférieure à -8 °C, ou confiez-le au pressing – le nettoyage à sec tuera les larves de mites. Passez l'aspirateur sur les tapis et moquettes permet également d'aspirer des larves, mais aucune de ces méthodes ne permet de s'en débarrasser complètement, celles qui restent se reproduiront. En cas d'infestation, il est préférable de recourir à une bombe antimites. Suivez les instructions portées par le fabricant et après avoir vaporisé, quittez la pièce pendant quelques minutes. Ce qui est toxique pour une mite peut l'être pour vous.

Guêpes et frelons

Normalement, les guêpes, les frelons et les abeilles font leur nid à l'extérieur et causent très rarement des problèmes à l'intérieur d'une habitation. Mais parfois, ces insectes y pénètrent par une fente sous les tuiles ou dans les combles (les chauves-souris aiment aussi se réfugier sous la toiture ou dans les combles). Le plus souvent, il n'y a pas de danger, mais si vous êtes allergique aux piqûres d'insectes (ou si vous avez une phobie des chauves-souris), passez à l'action.

Les guêpes sont agressives surtout à la fin de l'été, et c'est pénible. Un moyen dissuasif pour les éloigner ? Ne laissez pas les viandes et les aliments sucrés (solides ou liquides) à l'air libre. Veillez à ne pas laisser de reliefs de nourriture dans les récipients destinés à vos animaux. La reine survit à l'hiver, sort au printemps pour construire un nid avec de la pulpe de bois moulée en forme de cocon et dotée d'alvéoles qui est suspendu ou souterrain. Ces nids sont généralement construits à l'extérieur, mais ils le sont aussi parfois dans les greniers, combles ou dans un garage. Si vous voyez de nombreuses guêpes sortir et entrer dans votre maison, cela signifie qu'un nid est à proximité. Ne le touchez surtout pas, afin d'éviter de vous faire piquer. Si vous voulez le détruire, n'intervenez qu'à la toute fin de l'été : c'est le moment où les guêpes meurent, à l'exception des reines. Précision utile : les nids ne sont utilisés qu'une fois (la nouvelle reine en construit parfois un nouveau à côté de l'ancien).

L'utilisation d'insecticides est une solution de dernier recours. Vous pouvez répandre un insecticide en poudre à l'entrée du nid à la tombée de la nuit ou utiliser un spray ou aérosol, mais quel que soit le moyen choisi, suivez très attentivement les instructions du fabricant. Mieux : faites appel à une société locale de désinsectisation professionnelle. N'oubliez pas non plus que les guêpes sont importantes pour la pollinisation ou encore, sont utiles contre les parasites (contre les mouches vertes, par exemple), alors épargnez-les dans la mesure du possible.

Le frelon est une guêpe géante. L'adage selon lequel « il suffit de deux piqûres de frelon pour tuer un enfant, trois pour tuer un homme et sept pour tuer une vache » n'est pas souvent avéré. Le cycle de vie des frelons est similaire à celui des guêpes. Comme elles, ils sont attirés par la nourriture, et le soir, notamment à la campagne, par les lumières des maisons proches de leur nid – les frelons ne font pas la différence entre la lumière du jour et de la nuit. Ils viennent alors vous rendre visite et se cognent à vos vitres de fenêtres. Adoptez la même attitude qu'avec les guêpes. Restez à l'écart, évitez de vous faire piquer. Et si vous voulez profiter d'un apéritif sur la terrasse lors d'une belle soirée d'été, n'allumez pas, éclairez-vous plutôt à la flamme de bougies, de préférence à la citronnelle.

Abeilles

L'essaimage est un phénomène qui se produit naturellement dans une colonie d'abeilles : il permet à la fois une régénération et une multiplication de la population. Au printemps, ces insectes pollinisateurs quittent leur ruche pour créer une nouvelle colonie, généralement dans des cavités – arbre, cheminée, toiture ou grenier. N'utilisez pas d'insecticides ou tout autre répulsif sur les essaims. Si vous êtes vraiment inquièt·e, contactez un apiculteur ou l'association locale d'apiculture proche de chez vous qui retirera l'essaim en le préservant, ou encore, contactez les pompiers qui vous transmettront les coordonnées d'apiculteurs dans votre région. Les entreprises de lutte contre les nuisibles ne détruisent pas les nids d'abeilles, n'essayez pas non plus. Depuis plusieurs années, avec l'accroissement des considérations environnementales dans nos sociétés, l'arsenal juridique en faveur de la biodiversité est de plus en plus étoffé. Et si le statut de l'abeille n'est pas clairement défini par les textes, le code rural et de la pêche maritime (articles L 214-10 et R 215-3) interdit la destruction d'un essaim : « Le fait de détruire des colonies d'abeilles par étouffage, en vue de récupérer du miel ou de la cire, est puni de la peine d'amende prévue pour les contraventions de la 5e classe. »

Actuellement, plus de 80 % des espèces de plantes à fleurs dans le monde et des espèces cultivées en Europe dépendent directement de la pollinisation par les insectes – des abeilles, pour l'essentiel. L'abeille est en déclin, les causes en sont l'élimination de leurs sites de nidification, la raréfaction des plantes qui leur fournissent le nectar et le pollen, les maladies et parasites, et surtout, l'épandage de pesticides. Les abeilles ne piquent que si elles sont attaquées – elles ne s'intéressent pas à vous, elles ne poursuivent qu'un but, fabriquer du miel.

Chauves-souris

Il existe trente-six espèces de chauves-souris en France (trois cents dans le monde) ; toutes sont protégées. Les populations sont en déclin, les causes en sont multiples : la perte d'habitats, les pesticides, la pulvérisation de substances chimiques pour préserver les charpentes des attaques d'insectes xylophages ou de champignons chimiques du bois, et les insecticides. Ce sont les seuls mammifères capables de voler, les colonies s'installent dans les greniers, les garages ou les combles. Les chauves-souris sont protégées par la loi à l'article L.411-1 du Code de l'Environnement, et par arrêté ministériel du 23 avril 2007 : il est strictement interdit de les détruire, de les transporter ou de les commercialiser, ainsi que de détruire ou détériorer leurs habitats.

Le cas échéant, vous pouvez vous informer auprès d'une association de passionnés de chauves-souris qui répondra à vos interrogations, vous aidera en réalisant des sauvetages et des transferts en centre de soin ou, tout simplement, répondra à vos inquiétudes sur une éventuelle cohabitation avec les chauves-souris. Vous pouvez aussi vous renseigner auprès d'un chiroptérologue – le spécialiste qui travaille pour améliorer les connaissances sur ces animaux protégés, participe à leur protection et sensibilise le grand public sur leur utilité pour la biodiversité. Les chauves-souris ne sont pas des rongeurs, elles ne grignotent ni ne rongent les fils électriques ou les isolants (elles sont essentiellement insectivores). Comme tout autre mammifère, les chauves-souris sont considérées comme des « réservoirs » (ou hôtes à long terme) d'un certain nombre de virus, dont la plupart sont inoffensifs pour l'être humain. Il n'y a aucun risque si vous ne les manipulez pas, un risque de transmission existe seulement si vous les touchez à mains nues.

Enfin, elles effectuent des déplacements saisonniers et n'abuseront donc pas de votre hospitalité pendant toute l'année.

Moustiques

Les larves des moustiques se reproduisent dans les eaux polluées, croupies/stagnantes. Dans mon jardin londonien, les moustiques se reproduisent dans une mini-mare que j'ai fabriquée en mettant un seau en plastique en terre. Ce petit coin paisible est entouré par des fougères, une grenouille y prend même ses quartiers pendant l'été. Cependant, la grenouille est manifestement incapable de manger autant de moustiques, car, au crépuscule, ceux-ci, en quête de sang, entrent dans la maison – du moins, si j'ai l'imprudence d'en laisser les fenêtres ouvertes.

En premier lieu : les empêcher de se reproduire, même s'il est très difficile d'éliminer tous les gîtes larvaires, puisque les moustiques se reproduisent dans les eaux stagnantes (mares, flaques d'eau, seaux et bidons creux, vieux pneus, soucoupes de pot de fleurs, en bref, tout ce qui peut contenir de l'eau pendant plus de quelques jours). Il convient aussi de bien entretenir les mares et étangs de votre jardin. Vous pouvez aérer un étang avec un dispositif d'eau en mouvement – une petite fontaine aératrice – pour les éloigner. Veillez à ce que les gouttières de votre maison ne soient pas obstruées et que les récupérateurs d'eau de pluie soient bien couverts. N'oubliez pas non plus de changer l'eau du bain d'oiseaux.

Les moustiques sont attirés par les odeurs corporelles, notamment de transpiration ; pour les en éloigner, ayez recours aux bougies à la citronnelle ou encore à l'huile essentielle de citronnelle dans un brûle-parfum, ou un diffuseur atmosphérique.

Mis à part les spirales antimoustiques au pyrèthre naturel à consommation lente qui produisent une fumée blanche répulsive, les insecticides chimiques et les sprays et répulsifs à ultrasons, il existe un larvicide biologique et végétal : *Bacillus thuringiensis var. israelensis* (Bti) qui produit, sous la forme de nanocristaux, quatre toxines ultra-spécifiques. Cette bactérie ne s'attaque qu'aux larves avant qu'elles se transforment en adultes. Cet insecticide est coûteux, mais il semble efficace. Il n'a pas d'effets néfastes sur la santé et sur d'autres espèces de notre environnement. Enfin, il se biodégrade rapidement.

Les nuisibles rampants

Fourmis

Les colonies de fourmis envoient des éclaireuses pour trouver de la nourriture. En cas de découverte fructueuse, l'éclaireuse dépose des phéromones qui indiquent l'emplacement du lieu aux autres ouvrières. La présence d'une procession d'une fourmis ou d'une file indienne entre le nid et la source de nourriture dans votre maison (cuisine et garde-manger) est un signe d'invasion.

Les fourmis parviennent à s'introduire dans des espaces qui semblent inaccessibles – pots de confiture et de miel, malgré leurs couvercles. Même si elles représentent plus une nuisance qu'un vrai danger, il est préférable qu'elles restent à l'extérieur de votre maison. J'ai essayé d'éliminer des processions de fourmis, mais il faut de l'obstination, de la patience et, malheureusement, il faut être implacable. Vous pouvez disposer un produit antifourmis sous forme de gel sur leur trajectoire. Les fourmis attirées par ses composants sucrés consomment l'appât, le transportent au centre de la fourmilière et en nourrissent leurs larves. Le poison détruit l'ensemble de la colonie. Vous prendrez soin de déposer l'appât hors de portée des enfants et de vos animaux. Vous pouvez aussi avoir recours à une poudre antifourmis en prenant les mêmes précautions. Mais je préfère éloigner les fourmis plutôt que de les éliminer. Suivez la file indienne jusqu'au point d'entrée de votre maison et bouchez tous les points d'accès (fissures, plinthes, etc.) avec du mastic ou un coton imbibé d'huile de paraffine. Cela devrait être assez dissuasif. (La paraffine est, bien sûr, inflammable, donc ne laissez pas une bouteille ouverte sur votre table de la cuisine). Saupoudrez le point d'accès avec de la pâte de curry, du sel, du poivre ou du talc.

Vissez à fond les couvercles de vos pots de confiture et de miel, nettoyez soigneusement vos plans de travail avec du vinaigre blanc et de l'eau afin de détruire les phéromones laissées par les fourmis. Si vous jardinez, vous savez sans doute que les fourmis sont des amies du jardinier et qu'elles vous rendent de nombreux services, donc détruire une fourmilière est contre-productif. En effet, elles dispersent les graines, aèrent le sol et redistribuent les nutriments tout en protégeant les fleurs et les bourgeons de ravageurs éventuels.

Araignées

Que je veille tard et une araignée aux pattes démesurément fines et longues se déplace dans la pièce pour généralement se diriger vers la cheminée. Où est-elle pendant la journée ? Mystère... Je la trouve à la fois fascinante et sympathique. Les araignées ne s'intéressent pas à votre nourriture, seulement aux mouches et autres petits insectes. La soie d'araignée est à elle seule une merveille de la nature. Sa première propriété est sa résistance : pour une masse équivalente, le fil d'araignée est 5 fois plus résistant que l'acier, 3 fois plus résistant que d'autres fibres synthétiques comme le nylon ou le kevlar. Ce fil de soie aux caractéristiques extraordinaires est difficilement égalé par les fibres de synthèse et pourrait être appliqué à de nombreux domaines de la vie courante (pansement, fil de suture chirurgicale, etc.) Alors quel dommage de se débarrasser des araignées !

De toute façon, jamais vous n'y réussirez, elles trouveront toujours le moyen de s'introduire chez vous. Cela dit, vous pouvez en limiter le nombre, en passant régulièrement l'aspirateur et en époussetant les plinthes, les rebords de fenêtres et les recoins des plafonds où elles tissent le plus souvent leurs toiles. Bouchez également les fissures, les fentes, les crevasses dans les murs, sur les encadrements de fenêtres et de portes. Si vous ne découvrez qu'une seule araignée et que vous n'êtes pas arachnophobe, attrapez-la à l'aide d'un verre, glissez une carte à jouer en dessous et relâchez-la dehors.
Et si vous en trouvez une dans la baignoire, elle n'y sera pas arrivée en rampant le long d'un tuyau ni par la bonde, elle sera simplement tombée et, comme vous, sera contrariée de la situation. Vous pouvez l'attraper et la relâcher dehors, ou suspendre une serviette sur le bord de la baignoire afin qu'elle puisse remonter et ainsi se libérer.

Cafards ou blattes

Si cela peut vous consoler, les cafards sont une espèce ancienne qui a toujours vécu parmi les humains. Dans certains pays, ils font partie intégrante de la vie quotidienne. Je me souviens d'un séjour à New York où j'ai dormi à même le sol chez un ami : j'ai senti des cafards passer sur mon visage au cours de la nuit et personne (sauf moi) n'en a été perturbé. Les cafards ressemblent à des coléoptères plutôt plats, ils sont bruns foncés à noirs et sont grands comme l'ongle de votre pouce. Ils sont considérés comme dangereux pour la santé de l'homme, car ce sont de véritables charognards (ils mangent tout, même le papier, le carton et le cuir). Ils évoluent dans les canalisations et les poubelles, et sont susceptibles de propager des bactéries – par exemple la salmonelle et l'E. coli, qui provoquent des gastro-entérites et des dysenteries. Les cafards peuvent même provoquer des réactions allergiques chez certaines personnes, notamment chez les asthmatiques.

Ils représentent une vraie menace dans les immeubles d'habitation et autres grands ensembles immobiliers, car ils s'introduisent et se répandent d'un immeuble à l'autre par des crevasses, fissures et trous dans les murs, par les tuyaux d'alimentation, les conduits de ventilation et de climatisation, tuyaux d'évacuation, luminaires, zones de déchets, gaines électriques et vide-ordures, etc. Les cafards se reproduisent rapidement et, en cas d'infestation à votre domicile, vos voisins proches et lointains en seront certainement infestés, eux aussi.

Chaque cafard femelle pond jusqu'à huit poches d'œufs contenant 40 œufs dont l'incubation dure en moyenne de 20 à 28 jours. N'attendez pas une prolifération de cafards pour vous en débarrasser ! Ils sont nocturnes, mais en cas d'infestation, vous en verrez même pendant la journée. Ils apprécient l'obscurité, la chaleur et l'humidité, ainsi que les zones contenant de la nourriture – fraîche ou, mieux, en décomposition.

Munissez-vous d'une lampe de poche et regardez attentivement derrière vos armoires, le réfrigérateur et la cuisinière pour repérer leur présence, voire des cadavres de cafards, une ou plusieurs poches d'œufs (ou oothèques), des excréments (qui ont l'apparence du café moulu). Une odeur musquée et nauséabonde indique une infestation.

Et justement pour l'éviter, bouchez tous les trous, fissures ou crevasses, interstices des portes et fenêtres par lesquels ils pourraient entrer chez vous. Nettoyez régulièrement les placards et ne laissez pas de nourriture en évidence, surtout pendant la nuit. Conservez les aliments dans des récipients hermétiques, nettoyez systématiquement les plans de travail et de cuisson, en particulier les surfaces graisseuses, après chaque repas. La propreté est votre atout principal.

Si vous pensez avoir un début d'infestation, renseignez-vous auprès du service d'hygiène de votre mairie, ou contactez le syndic de copropriété, qui souscrit parfois un contrat annuel auprès d'une entreprise spécialisée. En absence de syndic, c'est au bailleur que revient l'entière responsabilité du traitement. Le plus vite le problème sera traité, le mieux ce sera.

Si vous devez faire appel à une société privée de lutte contre les nuisibles, veillez à obtenir trois devis et vérifiez que le prix correspond à l'éradication du nuisible, sinon vous risquez d'être facturé à chaque visite, ce qui pourrait devenir terriblement coûteux.

Lépismes, ou poissons d'argent

Cet insecte rampant compte parmi les plus anciens du monde. Les lépismes ne sont pas plus gros qu'une fourmi, mesurent à peu près 10 à 12 mm et sont facilement reconnaissables à leurs antennes filiformes sur la tête, à leurs trois paires de pattes marron et leurs trois antennes sur le train arrière. Ils sont surtout actifs pendant la nuit, se déplacent vite et avec agilité – dans une sorte de mouvement ondulatoire, un peu comme un poisson, d'où leur nom. Bien qu'ils soient apparentés aux cafards, ils ne constituent pas un risque pour la santé. Ils apprécient les endroits sombres, humides, frais ; la salle de bains est donc l'endroit où vous avez le plus de chances d'en trouver, mais ils s'aventurent aussi dans les buanderies, les cuisines et les sous-sols.

Leur régime alimentaire préféré ? Aliments riches en glucides et en amidons, cellulose, sucre, colle, papier, cheveux, tapis, coton, viscose et pellicules.

Votre meilleur atout, c'est, de nouveau, la propreté donc le nettoyage : aspirez, aérez, isolez, ventilez, chauffez, éclairez. Fermez hermétiquement vos flacons de shampooing et vos autres produits d'hygiène, car ils contiennent souvent des glucides. Récurez les murs et les sols avec une solution d'eau de javel et d'eau ; en cas d'infestation, ayez recours à un spray insecticide.

Puces

Si vous trouvez une puce dans votre maison, elle vient probablement du pelage de votre chien ou de votre chat. Les puces adultes vivent sur votre animal. Elles pondent des œufs qui tombent dans la maison, partout où celui-ci passe, et évidemment, dans les endroits qu'il affectionne (panier, canapé, coussins). De ces œufs sortent des larves qui se déplacent pour s'abriter sous les lattes de parquet, dans les tissus, les tapis et les moquettes. Elles tissent ensuite un cocon protecteur dans lequel elles peuvent survivre plusieurs mois. Les puces devenues adultes vont de nouveau parasiter votre chat ou votre chien, et se remettre à pondre. Un été, des amis en voyage m'ont envoyé un courriel afin que je passe chez eux. Lorsque j'ai traversé leur salon, à mon grand étonnement, mes jambes nues en ont été recouvertes : les puces n'avaient attendu que la vibration de pas pour bondir.

Il faut prendre les puces de vitesse pour les éliminer. Votre chien ou votre chat se gratte furieusement ? Une piqûre d'insecte (souvent trois d'affilée) vous démange – les puces piquent aussi les humains. Leurs excréments ressemblent à des flocons de poivre noir, vous pouvez en identifier la présence en caressant ou en toilettant votre animal ou en nettoyant sa litière.

Si vous soupçonnez une infestation légère, emmenez votre animal chez un vétérinaire plutôt que d'acheter des produits en vente libre ou sur Internet – les chats en particulier sont sensibles aux produits chimiques utilisés dans certains colliers antipuces et autres produits antipuces. L'avis d'un professionnel est plus sûr. Une fois bien protégé, votre animal sera moins susceptible d'avoir des puces, mais vous devez nettoyer régulièrement son panier et sa litière (à l'extérieur de chez vous, si possible), passer l'aspirateur sur les tapis, les tissus d'ameublement, dans les coins, les recoins et dans tous les endroits que votre animal affectionne. Utilisez un peigne antipuces si votre animal l'accepte. Ne vous concentrez pas seulement sur les puces, mais aussi sur les œufs. Attention : les sprays antipuces conçus pour les animaux contiennent des insecticides et sont appliqués directement à la base du poil pour tuer les puces au contact, il ne faut pas les confondre avec les sprays antipuces pour la maison, qui s'attaquent aux infestations domestiques et qui ne doivent jamais être utilisés directement sur les animaux.

Punaises de lit

Les punaises profitent de votre sommeil pour vous piquer et sucer votre sang. Ce n'est guère ragoûtant, j'en conviens... Elles ne sont pas attirées par la saleté et ne transmettent pas de maladies, comme les cafards. Elles s'introduisent dans votre maison par le biais de vos valises, de vos vêtements et de vos meubles de seconde main, et s'installent dans votre literie. Si vous remarquez sur votre corps des piqûres qui ressemblent à des piqûres de moustique et qui apparaissent surtout au cours de la nuit, de minuscules points noirs (leurs déjections) ou des taches de sang sur votre matelas, sur les fentes du sommier, les lattes de bois du lit ou encore si une odeur de moisi s'élève dans votre chambre, il est temps d'agir ! Se débarrasser des punaises de lit est très difficile. Elles se cachent dans de minuscules espaces, dans ou sous le matelas, derrière les miroirs, dans la tête de lit ou dans les fissures du mur.

Selon le site du ministère de la Transition écologique et de la Cohésion des territoires, la lutte chimique par insecticides est à réserver aux professionnels. En cas d'infestation grave, il est recommandé de faire appel à des entreprises spécialisées dans la détection (notamment les entreprises ayant recours à des chiens détecteurs de punaise) en demandant des garanties (formation, certificat de dressage, qui utilisent des insecticides spéciaux ou des procédés à vapeur ou de congélation).

De votre côté, vous pouvez aspirer les jeunes et adultes mis en évidence avec l'embout fin de l'aspirateur, fermer hermétiquement le sac, l'emballer dans un sachet plastique et le jeter dans une poubelle extérieure, et ensuite laver en machine, à plus de 60 °C, le linge de lit et les vêtements qui supportent le lavage à haute température pour éliminer les adultes, les jeunes et les œufs. Ensuite, séchez au sèche-linge (mode chaud au moins 30 minutes), supprimez l'ameublement infesté et utilisez des housses de protection matelas en plastique, ou des housses antipunaises qui enveloppent tout le matelas, ce qui empêchera d'autres parasites d'entrer ou de sortir.

Les nuisibles xylophages

Vers à bois

Si vous découvrez des petits trous en forme de tête d'épingle dans vos meubles ou dans les poutres en bois de votre maison et surtout de petits tas de sciure fine à leur proximité, vous avez peut-être une infestation de vers à bois. Ce problème survient notamment dans les maisons anciennes dont la charpente est précisément en bois. Les vers à bois ne sont pas des « vers » à proprement parler, ce sont des coléoptères xylophages – « qui mangent le bois ». Une fois dans votre maison, ces nuisibles peuvent y causer des dommages structurels, également attaquer les plinthes, les planchers, les solives et les meubles en bois. Ils peuvent être introduits chez vous par le biais de meubles anciens où ils sont déjà installés et que vous avez achetés dans des vide-greniers ou des brocantes. Donc, si vous aimez les meubles d'époque, vintage, ou tout autre objet ancien en bois, vérifiez-les très attentivement avant d'en faire l'achat.

Les vers à bois adultes déposent leurs œufs dans le bois, les larves en développement se nourrissent du bois en y creusant des galeries de forme circulaire ou ovale jusqu'à leur transformation en adulte. En général, les vers à bois préfèrent l'humidité donc, par mesure de prévention, ventilez les locaux humides et éliminez toute trace de condensation. Les traitements sont les suivants : ruban attrape-mouches suspendus dans les combles, traitement thermique ou technologie à infrarouges pour piéger les adultes, surtout en été – période d'émergence des vers à bois. Vous pouvez aussi avoir recours au badigeonnage – imprégnation du bois avec un pinceau – ou à un traitement plus en profondeur, par pulvérisation ou par injection d'un insecticide. Une fois les trous rebouchés avec de la pâte à bois et les finitions réalisées, appliquez plusieurs couches de cire, de laque ou de lasure sur la partie traitée, laissez sécher en aérant. En cas d'infestation grave et d'impossibilité à régler le problème par vous-même, faites appel à une société de lutte contre les nuisibles.

Grosse vrillette du bois (*Xestobium rufovillosum*)

La grosse vrillette du bois apprécie particulièrement le bois de chêne, préalablement altéré par des champignons lignivores. La grosse vrillette pond 100 œufs en moyenne dans les fentes ou les rugosités de la surface du bois ou sur les parois des anciennes galeries. Le stade larvaire dure jusqu'à 13 ans. Lors de sa parade nuptiale, la grosse vrillette va tapoter contre le bois avec sa tête. Ces bruits secs et sourds audibles pendant la nuit sont destinés à appeler la vrillette du sexe opposé, ce qui vaut à cet insecte xylophage le surnom d'« horloge de la mort ». Heureusement, vous ne risquez pas d'être dérangé·e, à moins que vous ne viviez dans une église tout en bois reconvertie en espace d'habitation.

Les visiteurs errants

Chats errants

Des chats errants s'introduisent chez vous ? Pourquoi ? Pour commencer, parce que vous avez un chat, parce que le chat errant a faim, se sent seul, ou parce qu'il est curieux et pour cette raison, il entre par la chatière ou par une fenêtre laissée ouverte ou entrouverte. Lorsque mes voisins sont partis en vacances, ils ne se sont pas aperçus qu'un jeune chat écaille de tortue s'était

introduit chez eux. Ils l'ont enfermé dans leur maison, et sont partis vers des rivages plus ensoleillés. Deux semaines plus tard, à leur retour, ils ont découvert leur visiteur endormi sur leur canapé, amaigri, mais plutôt en forme. Il était vraisemblablement entré dans une sorte de léthargie.

Quelle stratégie adopter ? Investissez dans une chatière électronique fonctionnant avec la technologie RFID que seul le collier de votre chat ouvrira. Les autres chats s'y cogneront le nez. Pour éviter qu'un chat errant ne vous suive, ne l'encouragez pas en lui tendant une friandise ou en le caressant.

Renards errants

Des renards errants ? Chez vous ? Eh oui, pourtant ! Les renards sont curieux et s'introduisent par une porte ou une fenêtre ouverte, voire par la chatière. En revanche, ils fuient les êtres humains. Si vous découvrez un renard dans votre maison, déplacez-vous avec calme et sans bruit, ouvrez grand les fenêtres et les portes, et attendez qu'il sorte. Il réussira, du moins s'il ne panique pas.

D'autres moyens de dissuasion ? Oui : des épouvantails, des haies défensives, le marc de café, les odeurs de crottes de lion et répulsifs à ultrasons, mais dans l'ensemble, cela ne fonctionne pas très longtemps, voire pas du tout. Les excréments de grands animaux sont utilisés comme répulsifs ou composts et sont disponibles dans certains zoos ou sur Internet. Ils sont préparés et conditionnés en paquets, et sont donc secs et assez hygiéniques. À long terme, et à mon avis, ces produits sont plus utiles en tant que compost (de luxe) pour votre jardin que pour éloigner un renard errant, mais qui sait !

Si vous avez un arbuste épineux (houx, épine-vinette, etc.) dans votre jardin, utilisez-en les branches pour boucher les accès à votre jardin. Vous pouvez aussi utiliser des pics antipigeons. À une époque, j'ai recouvert le toit de mon abri de jardin de pics antipigeons pour empêcher les renards de s'y installer. Mais ces derniers ont vite découvert comment les déloger. Il vous faudra sans cesse garder une longueur d'avance et essayer de nouveaux moyens de dissuasion toujours plus ingénieux. Dans les zones urbaines, on pense que la population de renards a atteint un *statu quo*, et qu'elle n'augmentera pas.

CE QU'IL FAUT FAIRE ✓

- Accueillir et observer la chauves-souris qui s'installe dans votre grenier ou dans vos combles pour l'été. Renseignez-vous à leur sujet sur Internet ou auprès de spécialistes. Ce sont des créatures fascinantes, elles ne vous feront aucun mal.
- Dans le cadre de votre stratégie de travaux ménagers, prendre le temps de toiletter votre animal de compagnie, qu'il s'agisse d'un chat persan, d'un berger allemand, d'un bâtard ou d'un toutou. Cela vous détendra et vous permettra de vérifier s'il n'est pas infesté de puces.

CE QU'IL NE FAUT PAS FAIRE ✗

- Non, un nid d'abeilles dans votre porche ou votre cheminée n'est pas une menace. Les abeilles poursuivent un but : la récolte du pollen et la fabrication du miel. Elles sont trop occupées pour s'intéresser à votre personne. Elles sont essentielles pour l'écosystème, leur déclin est très inquiétant.
- Ne pas encourager le chat macho du coin à s'installer chez vous. Vous le trouvez craquant, il ronronne quand vous lui tendez une friandise ? Attention, il peut tout à coup attaquer votre chat.

3

RANGEMENT(S) ET PETITS ARRANGEMENTS AVEC LES MEMBRES DE VOTRE FAMILLE ET VOS ANIMAUX

C'est bien connu : la maison propre et bien rangée de l'un est le taudis de l'autre. Vous vous considérez comme la personne la plus ordonnée et la plus organisée du monde, comment faire pour que vos proches suivent votre exemple ? Ou vous êtes au contraire du genre désordonné, mais vous vivez avec une personne dont les normes, en matière de propreté, sont très élevées ? Dans tous les cas, vous devrez ruser avec les standards de propreté des uns et des autres.

Chacun doit accepter de jouer un rôle actif dans la maisonnée pour contribuer à garder le lieu de vie collectif agréable. C'est ambitieux, certes, mais c'est la solution au chaos exponentiel. Que vous soyez cinq colocataires dans un appartement ou une famille nombreuse dans une maison en ville, ou encore, dans une maison de campagne avec deux chats et un Jack Russell, et même si vous vivez seul·e, il faut de la discipline, des règles, des idées et des astuces pour éviter le désordre.

Essuyez vos pieds sur le paillasson SVP !

En premier lieu, investissez dans le meilleur ami de la propreté dans la maison : un bon tapis d'entrée, ou paillasson intérieur. Non seulement vos visiteurs auront une première impression favorable dès le pied mis chez vous, mais vos sols resteront propres plus longtemps si la poussière et les saletés y sont piégées d'emblée. Sans paillasson intérieur, la boue, la poussière, les feuilles mortes, les insectes et toutes les autres saletés s'inviteront à votre domicile par le biais de la poussette, de votre chien, des bottes et des chariots à provision, etc., et s'y répandront. En clair, les saletés dans votre maison viennent principalement de dehors (si vous habitez en immeuble, dans les

étages supérieurs, escalier et ascenseur en auront déjà piégé une petite quantité), ce qui peut s'illustrer par le volume de plusieurs sacs d'aspirateur par mois. Donc, conjurer la saleté à la source vous épargnera un surcroît de travail. Si vous réussissez à convaincre les membres de votre famille et vos visiteurs de se déchausser à l'entrée, bravo !

Vous pouvez laisser un balai ou un aspirateur à main dans votre entrée, et balayer et/ou aspirer à chaque nouvelle arrivée, mais ce n'est guère judicieux et puis franchement, n'avez-vous pas autre chose à faire ? Un paillasson intérieur efficace et de bonne taille est LA solution. Les paillassons pour usage commercial sont plus intéressants que les paillassons pour usage domestique qui ne sont pas plus grands qu'un torchon de cuisine et qui, de plus, vous coûteront une jolie somme simplement parce qu'ils auront plus de fantaisie (des hérissons souriants ou un message du type « *Home Sweet Home* ») qu'une réelle efficacité. Ce qu'il vous faut, c'est un paillasson de 120 × 90 cm, qui couvrira votre entrée et sera assez grand et pratique pour bien essuyer bottes et chaussures, roues de poussette, etc. Votre paillasson doit aussi être très absorbant, afin de contenir la saleté jusqu'à ce que vous l'aspiriez, le secouiez ou le laviez.

Il existe d'innombrables matériaux pour paillassons dont les fibres naturelles et artificielles. Leur capacité d'absorption varie beaucoup. Les matériaux naturels sont les suivants : le coco, le sisal et le jute qui absorbent la saleté, moins l'humidité. De plus, ils sont délicats, ce qui les rend contre-productifs. Le coton absorbant est une bonne alternative, mais un paillasson en coton mouillé est lourd, donc difficile à soulever, donc à secouer ou laver. Les grands tapis d'entrée pour usage commercial sont en fibres synthétiques – PVC, polypropylène et polyamide. Certains sont tissés, d'autres sont à poils courts ; dans les deux cas, ces paillassons sont très efficaces pour piéger et retenir les saletés.

Les meilleurs tapis d'entrée sont lavables en machine, légers, et semblent indestructibles. Ils sont souvent recouverts de caoutchouc, ont un bord plat (également en caoutchouc), ce qui vous évite de trébucher ou de glisser, une fois que vous y avez posé le pied. Ce sont ceux que l'on voit dans l'entrée des magasins et des centres commerciaux, ou des bureaux. Les couleurs choisies par les entreprises sont généralement ternes et sobres, et se déclinent dans les gris et les marrons, afin de mieux masquer les saletés qui, inévitablement, s'accumulent dessus. Mais si vous vous intéressez au sujet et effectuez des recherches plus poussées, vous constaterez qu'il existe des paillassons avec des couleurs vives et gaies – bleu indigo, vert, jaune. J'ai même vu un paillasson rouge géranium.

Tous ces tapis sont libellés « tapis barrière », « tapis antisalissures » et « ultra absorbant ». Ils sont à poils longs et absorbent les salissures jusqu'à ce que vous les secouiez, aspiriez ou laviez. Pour optimiser l'usage de votre paillasson intérieur, vous pouvez lui adjoindre un paillasson extérieur afin de limiter au maximum la dispersion des saletés à l'intérieur de votre habitation. Les tapis d'entrée extérieurs en caoutchouc noir sont constitués de pièces reliées entre elles, qui agissent comme des gratte-bottes et gratte-chaussures, ce qui permet à la boue de tomber par ses interstices et d'être prête à être balayée. Justement, n'oubliez pas de disposer de tels accessoires côté jardin (si vous avez une maison) : ils sont très utiles et efficaces, surtout par temps très humide pour vous débarrasser de la boue sous la semelle de vos bottes.

Ceux qui ne vous sont d'aucune aide et ceux qui pourraient bien vous aider

Bien sûr, les membres de votre famille sont tous adorables, intelligents, talentueux, aimants et en même temps, exaspérants et désordonnés ! On peut les diviser en deux catégories : ceux qui ne vous sont d'aucune aide et ceux qui pourraient bien vous aider (adultes, ados et enfants confondus). En théorie, toutes les personnes vivant sous un même toit devraient participer spontanément aux tâches ménagères. En pratique, quelqu'un doit veiller à leur juste répartition, mais si vous obtenez, sans faire le gendarme, le petit coup de main ou l'effort collaboratif indispensables de la part de votre famille ou de vos colocataires, la vie à la maison sera plus facile et plus agréable sur le long terme !

Ceux qui ne vous sont d'aucune aide ? Les plus jeunes, les plus âgés et vos animaux de compagnie. Lorsque vos enfants sont en bas âge, trouver un moment où faire un tant soit peu de ménage est un défi. À vrai dire, se ménager du temps pour soi, pour lire ou pratiquer toute autre activité de loisir est déjà une vraie gageure, car vos activités principales, toujours répétées, sont consacrées à votre nourrisson ou à votre bébé qu'il vous faut nourrir, changer, bercer. Sans compter que les tout-petits ont besoin d'une surveillance constante parce qu'ils essaient de descendre un escalier à quatre pattes, d'explorer la télévision, les prises électriques (même protégées), risquent à tout instant de tomber, de faire une grosse colère et de tenter toute sorte d'expériences. La solution ? Vous détendre sans penser à votre ménage et profiter pleinement de votre bébé à temps plein ? Oui, mais il n'en existe pas moins des astuces pour joindre l'utile à l'agréable : pourquoi ne pas vous organiser avec une voisine ou une amie qui a un enfant du même âge que le vôtre ? Celle-ci s'occupe du vôtre un ou deux matins par semaine, vous lui rendez la pareille. Avec un peu de chance, un coup d'aspirateur et un rangement sommaire vous laisseront même le temps de faire une demi-heure de yoga, voire de prendre ce bain moussant auquel vous rêvez.

Autre solution intéressante : porter votre tout-petit dans un porte-bébé pendant que vous passez l'aspirateur ou que vous effectuez d'autres tâches ménagères, à condition, bien sûr, que votre dos n'en souffre pas. La régularité de vos mouvements tandis que vous balayez ou passez l'aspirateur peut même apaiser votre bébé – encore faut-il que le modèle que vous possédez soit silencieux.

Une alternative : un tout-petit est curieux, regarde partout et vous suit des yeux. Et si un jouet d'éveil est fixé à sa chaise haute, celui-ci retiendra aussi son attention pendant que vous vaquez à quelques tâches ménagères. Mieux, entre six et dix-huit mois, un transat en hauteur avec une arche de jeu est idéal : votre bébé a une vision d'ensemble de ce qui se passe, de ce que vous faites.

Bien entendu, vos chiens et chats, comme les bébés, ne vous seront d'aucune aide dans les tâches ménagères. Sans compter que vos animaux perdront leurs poils et n'essuieront certainement pas leurs pattes sur le paillasson extérieur ou intérieur. Il vous faudra donc ruser. Habituez votre chien à avoir son espace de jeu et de repos : un panier, voire une cage confortable et de bonne taille, mais tout dépend de votre chien. Quoi qu'il en soit, ce dernier n'occupera pas sans cesse votre canapé ou votre meilleur fauteuil et, par conséquent, vous ne devrez pas sans cesse brosser l'assise dudit fauteuil et secouer tel ou tel plaid. Un chat est plus autonome, mais il n'en aura pas moins besoin d'un espace dédié. Mais généralement, les chats aiment changer d'endroits au cours de la journée et de la nuit, selon leurs envies – du lit au canapé, à un rebord de fenêtre, à une étagère ou un petit coin isolé dans un placard.

À partir du moment où les enfants sont capables de marcher et de tenir un objet dans une main tout en se servant de l'autre (« motricité fine »), ils deviennent plus adroits, attrapent facilement des objets entre le pouce et l'index et sont donc capables d'effectuer de petites tâches ménagères. La question de savoir s'ils sont réellement utiles dépend en grande partie de vous. Pour commencer, ne faites jamais des tâches ménagères une corvée ennuyeuse, mais plutôt un jeu, voire un petit privilège. N'en demandez pas trop, félicitez votre enfant à chaque réalisation, si modeste soit-elle. Montrez-lui l'exemple, afin qu'il se sente compétent et fier. Évitez les reproches : « Qu'est-ce que je t'ai dit, pour ranger les chaussettes ? », qui ne joueront pas en votre faveur. Surtout, ne faites aucune différence entre les garçons et les filles dans la répartition des tâches ménagères ; celles-ci doivent être partagées par tous vos enfants et distribuées avec équité. C'est plus facile lorsque les enfants sont encore jeunes, et de plus, une fois les bonnes habitudes prises, elles persistent. Les plus jeunes peuvent faire leur lit, le matin, c'est-à-dire simplement rabattre la couette et tapoter les oreillers. Lorsque j'avais 10 ans, nous avions des lits avec des

draps et des couvertures, et nous devions les faire avec un soin quasi militaire ! J'étais plutôt douée, et immensément fière du résultat, toujours impeccable. Les plus jeunes peuvent aussi arroser les plantes d'intérieur (seulement les plus résistantes qui peuvent accepter trop d'eau plutôt que pas assez) ou apparier les chaussettes à la sortie de la machine à laver. Plus les chaussettes sont colorées, plus c'est ludique. Les jeunes enfants peuvent aussi s'initier au balayage. Certes, ils seront malhabiles, mais ils s'habitueront à manier un balai, puis à utiliser une pelle et une balayette. Ils peuvent également aider à débarrasser la table, après le repas, même si les restes des pizzas que vous aurez achetées à la pizzéria du coin tendent à laisser d'impressionnantes taches de ketchup sur la nappe.

Au fil du temps, encouragez vos enfants à endosser davantage de responsabilités. Tout se déroule plutôt bien jusqu'à l'adolescence, où votre ado sera avant tout concentré sur sa petite personne, sa place dans le monde, sa sexualité en éveil, son apparence, et sur le regard des autres. Alors bon, le ménage… Peut-être persuader vos ados geeks de passer l'aspirateur dernier cri de temps en temps, surtout si c'est un aspirateur robot ? Et cependant, l'attrait de la nouveauté passé, il risque de vite s'ennuyer. Faites-leur aussi sortir les poubelles, le jour de passage des éboueurs. Vantez leur force et leur compétence !

Quoi qu'il en soit, jusqu'à l'adolescence, vos enfants peuvent vraiment participer à la vie à la maison. Vous aider à préparer le repas, mettre la table, la débarrasser, charger le lave-vaisselle : à chacun sa propre tâche qui ne dure qu'une poignée de minutes. Tout le monde devrait savoir éponger et nettoyer un plan de travail, reboucher le tube de dentifrice après usage, suspendre sa veste, son manteau ou ranger ses bottes et ne pas laisser traîner, qui son ordinateur portable, qui son Smartphone.

Cela dit, peut-être avez-vous la chance d'avoir un enfant qui aime l'ordre au moins autant que vous, et qui rangera, époussettera et nettoiera volontiers ? Dans tous les cas, apprenez à être plus détendu·e quant aux règles de fonctionnement de la maisonnée, comme j'en ai eu l'exemple par mon benjamin : un jour, il est rentré de l'école, après être passé chez un ami, où il avait dû se déchausser dans l'entrée et où tout était impeccable et à sa place. Après me l'avoir relaté, il a regardé partout dans notre cuisine, avec ses plans de travail chargés de magazines et de livres, de courrier et de factures en attente, et il a prononcé ces mots : « J'aime comme c'est, chez nous. Il y a toujours des trucs intéressants à regarder ». Aujourd'hui encore, je me réconforte avec ses mots, et je savoure mon café en lisant mon roman sur les vampires sans culpabiliser.

Si vos efforts pour discipliner votre entourage échouent, et c'est possible, prenez une corbeille de rangement ou un panier à objets où vous mettrez

pêle-mêle, Lego, écouteurs, Smartphone, tablettes, chaussettes orphelines, pinces à cheveux, chouchous, cahiers et clés de la maison. En somme, le premier endroit où chercher en cas d'objet perdu.

Débusquez l'accumulateur compulsif qui sommeille en vous

La plupart d'entre nous sont des accumulateurs compulsifs : nous avons plus d'objets que nous n'en avons besoin, ou que nous n'en désirons. Et cependant, nous l'ignorons. Nous sommes piégé·e·s par l'idée selon laquelle tout a une valeur – sentimentale ou utilitaire (qui ne s'est jamais dit : « Cela pourrait être utile, un de ces jours » ?). Bien sûr, il y a les objets qui ont bel et bien une valeur sentimentale, et s'en débarrasser, c'est difficile ! De plus, s'ils vous sont utiles, pourquoi s'en défaire ? Je travaille sur une table victorienne en bois de rose à abattants et à pieds pivotants. Elle n'est pas aussi pratique qu'un bureau moderne, qu'importe, je l'aime trop pour m'en dessaisir. En revanche, j'ai renoncé au grand panier à linge que ma mère m'avait offert pour mon mariage, car même si je l'adore, il n'y a pas assez place, là où je vis maintenant. Méfiez-vous, ne devenez pas trop sentimental·e !

Il y a un autre piège dans lequel nous tombons facilement : nous surestimons l'utilité potentielle des objets. C'est souvent notre prétexte pour éviter de nous en débarrasser. Ainsi, l'espace sous l'escalier devient un bric-à-brac de boîtes et de cartons – qui sont, évidemment, potentiellement utiles pour le retour de marchandises non désirées, le stockage de matériel de jardinage, etc. Le bas de l'armoire se transforme en un fouillis de vêtements que vous ne porterez sans doute plus jamais. Des tasses, des bols et des pichets que vous avez accumulés à votre insu au fil des années s'accumulent dans les placards de votre cuisine. Et que dire de tous ces gadgets dans vos tiroirs de cuisine ? Un décapsuleur fantaisie et six pinceaux à pâtisserie différents ? Et les aromates et épices désormais périmés ?

J'essaie de suivre cette règle : un objet est fissuré ou ébréché ? Je le jette. Et c'est un bon moyen, dans une grande famille turbulente, pour vous débarrasser rapidement d'un bon nombre d'objets superflus.

Je respecte aussi une autre règle : ne jamais jeter les affaires des autres. Même si les enfants ont tant et si bien grandi qu'ils ne s'intéressent plus à certains de leurs jouets, je leur demande toujours la permission, avant de les donner ou de les jeter. Après tout, on ne se déleste pas à la légère d'une collection de bandes dessinées Marvel. Apportez ce qui peut encore servir à une association caritative. Mais pas les bottes usées jusqu'à la corde, ni les livres déchirés ou les jouets endommagés.

C'est avec les vêtements que nous sommes les moins raisonnables. En général, nous nous accrochons à eux pour des raisons purement sentimentales et longtemps après qu'ils soient usés ou ne nous aillent plus. Ainsi encombrent-ils les armoires, les commodes, etc., et parfois, ils ont mystérieusement disparu sous les lits, se cachent sur des cintres, derrière nos acquisitions les plus récentes. Si vous n'avez pas porté un vêtement pendant un an, il y a de fortes chances pour que vous ne le portiez plus jamais : n'hésitez pas, donnez-le, du moins, s'il est encore en bon état, et ensuite, appréciez l'espace dans votre armoire. C'est encore plus difficile de se défaire de nos vieilles bottes et chaussures – ah, comme nous les aimons ! Elles sont pourtant informes, éraflées et malodorantes et cependant, n'ont-elles pas été de proches amies ? N'avez-vous pas porté celles-ci à un enterrement de vie de jeune fille ou de garçon, et d'ailleurs, le talon en a été arraché ce soir-là. Et il y a ces chaussures que vous avez portées sans cesse, si bien qu'elles semblent faire partie de vous, pourtant, les semelles sont usées jusqu'à la corde. Voilà, vous devenez trop sentimental·e, et de plus, elles prennent beaucoup de place. Elles doivent disparaître. Désolée…

Lorsque vous faites le tri dans vos placards et armoires, commencez par tout en sortir, sinon, vous serez vite découragé·e. Sans compter que, après avoir consciencieusement retiré un ou deux vêtements, vous jugerez votre mission terminée et passerez à autre chose. Le secret ? Ne trier qu'un seul tiroir, une armoire et un placard à la fois. À chaque jour suffit sa peine ! Après tout, combien de temps vous a-t-il fallu pour accumuler autant de vêtements et d'accessoires ? Trier au fur et à mesure vous donnera un sentiment de fierté et de satisfaction, mais ranger tous les placards et armoires de la maison d'un coup vous épuisera…

Le tri terminé, que faire du superflu ? Certaines boîtes de rangement logées sous l'escalier vous seraient d'une grande utilité, mais elles sont probablement trop petites, trop grandes et une fois pleines, trop lourdes à soulever. En définitive, elles ne sont pas très utiles. Alors, pourquoi ne pas organiser un vide-grenier ? C'est amusant, mais est-ce que tout partira ? Peut-être pas, dans ce cas, apporter le reste à une boutique de deuxième main ou à une association caritative.

En matière de « ménage par le vide » et de rangement, surtout, n'oubliez pas le réfrigérateur ! C'est aussi thérapeutique que de jeter ses vieilles baskets ! Pourquoi conserver à tout prix ce pot de chutney entamé depuis belle lurette ? Et cette sardine encore dans sa boîte ? Croyez-moi, vous ne les mangerez jamais ! Le problème, les restes sont souvent relégués au fond, derrière les produits frais que vous venez d'acheter. C'est ainsi que des strates se forment, au fil des semaines. Débarrassez-vous des résidus de beurre dans des emballages gras, de ces laitues désormais flétries, de ces carottes rabougries et de ce reste de sauce tomate oublié, et votre réfrigérateur n'en sera que plus efficace.

Des supersolutions de rangement

Vous aurez beau désencombrer votre maison régulièrement, obstinément et consciencieusement, il y aura toujours des objets du quotidien qui traîneront et compliqueront les tâches ménagères. Impossible, en effet, de bien passer l'aspirateur si des jouets, baskets, télécommandes, balles et ballons de football jonchent le sol. Impossible de passer l'éponge convenablement sur la table et les plans de travail s'ils sont jonchés de courrier (encore cacheté), de stylos, de papiers et documents les plus divers, de consoles de jeux, de tablettes, voire de la laisse de votre chien, etc.

Le plus il y a des personnes d'âges différents (et aux centres d'intérêt également différents), qui vivent sous un même toit, le plus les objets en rapport avec leur âge et leurs passions prendront de la place. C'est normal et inévitable, comment contenir le désordre ?

On peut se montrer très consciencieux et ordonné, mais qui n'est jamais rentré fatigué à la maison, et n'a jamais déposé ses affaires au hasard en cherchant à commander une pizza par le biais d'une appli ?

Pour commencer, revoyez vos espaces de rangement. Pour faire le ménage sans encombre, assurez-vous de disposer de nombreux placards, étagères, etc. bien conçus – c'est-à-dire ergonomiques et pratiques. En partant du principe que vous avez déjà effectué le tri dans vos affaires et que vous les avez donc désencombrés, cela ne devrait pas être trop difficile, mais vous ne devrez pas moins élaborer une stratégie. Dans une grande maison, les espaces de rangement conventionnels ou non sont nombreux : les énormes armoires anciennes en acajou ou modernes à miroir, les sièges de fenêtre – ces coins salon dans une alcôve ou un coin bordé de fenêtres (parfaits pour les jouets), les armoires encastrées sous les escaliers, les porte-parapluies et porte-manteaux dans le couloir.

En revanche, dans un logement plus petit, c'est plus difficile de trouver des solutions de rangement. Les logements dans les immeubles modernes, surtout dans les grandes villes sont souvent petits et ne comportent pas toujours de placards ou d'étagères intégrés. Dans ce cas, faites preuve d'ingéniosité.

En premier lieu, classez les objets que vous possédez par catégories.

Vêtements et accessoires

À chaque catégorie son espace. Autrement dit, les chaussures, manteaux, écharpes, parapluies sont à proximité de la porte d'entrée, non seulement pour éviter de répandre poussière et saletés dans le reste de la maison, mais également pour les ranger dès la porte d'entrée franchie et les retrouver au même endroit, au moment de sortir. Le rangement des équipements sportifs peut s'avérer délicat si cet espace est exigu. Adoptez la même stratégie pour les laisses de chien, les sifflets, les balles, les grosses vestes en laine et les ramasse-crottes. Si vous avez une maison avec une seconde porte donnant sur le jardin et précédée d'un couloir, installez-y une armoire ou des porte-bottes, exploitez cet espace ! Mais si vous n'avez qu'une seule porte d'entrée avec un tout petit vestibule, il vous faudra probablement beaucoup de crochets (voir page 118 - *Crochets*) pour suspendre les objets que, sinon, vous ne sauriez où ranger.

CD et DVD

En théorie, tout le monde télécharge la musique et les films sur Internet, par conséquent, les CD et DVD sont devenus superflus et n'occupent plus autant d'espace. La réalité est tout autre : les piles de CD et de DVD que vous avez autrefois achetés sont en désordre, attirent la poussière quand ils ne dégringolent pas lorsque vous cherchez celui que vous voulez. Il existe de nombreuses solutions de rangement astucieuses, pratiques et ergonomiques. Choisissez un meuble assez grand pour y caser l'intégralité de vos CD et DVD et disposez-le à côté de votre téléviseur/lecteur de CD.

Livres

Même si on peut désormais lire sur tablette et liseuse, les livres ne déméritent pas et parfois occupent beaucoup d'espace. À côté du livre de poche universel et au prix modique existent ce qu'il est convenu d'appeler les beaux livres qui sont conçus comme des pièces de collection et que vous devez entretenir avec soin. Les livres mal rangés ou/et empilés dans un ordre dispersé s'abîment et, surtout, vous empêchent de faire convenablement le ménage. Déplacer des piles avant de passer le plus petit coup de plumeau est fastidieux.

Première astuce : prévoir assez d'étagères, de rayonnages ou de bibliothèques. Rangez plutôt vos livres à la verticale, afin de mieux lire le titre sur la tranche, de plus, dans des étagères réglables qui s'adaptent sans mal à leurs différents formats. Ensuite, réfléchissez à leur conservation. Outre le fait que l'accumulation désordonnée de livres rend l'époussetage difficile, la poussière leur est néfaste : celle-ci a une action abrasive sur les matériaux et peut être utilisée comme nourriture par les insectes et les moisissures. Les manuels de ménage du début du XXe siècle conseillaient de sortir chaque livre et de les feuilleter pour en chasser la poussière, mais les livres sont délicats et n'aiment pas être ainsi malmenés. Utilisez plutôt un chiffon de nettoyage non abrasif que vous passerez entre chaque livre et sur leur tranche supérieure. S'ils sont très serrés sur vos étagères, sortez-les. Si vous voulez les mettre à l'honneur et en valeur, faites-le dans votre salon. Si vous n'avez que de vieux livres de poche, rangez-les plutôt dans votre entrée ou dans la chambre à coucher sur deux petites étagères en kit, prêtes à monter. Un de mes amis a encadré, pour en faire une bibliothèque, une grande porte à double battant entre son salon et sa salle à manger, et installé sur le cadre de la porte une étagère pour exposer des cruches en céramique. Ce système attrayant et intéressant permet de gagner beaucoup de place. Grâce aux étagères murales en kit, vous pouvez adapter l'espace à vos livres, selon leur format.

Espaces de rangement dans la cuisine

Pour des raisons de commodité, les tasses doivent bien entendu se trouver à proximité de la bouilloire, le réfrigérateur, de la zone de préparation des aliments, l'égouttoir, de l'évier, et les placards (assiettes, etc.), de la table. Mais de nombreuses cuisines modernes sont si petites que la question de l'accès à ces différents espaces n'entre pas en ligne de compte : tous sont à portée de main. En revanche, dans une grande cuisine, disposer d'espaces de rangement ergonomiques dédiés est très utile.

Les étagères ouvertes attirent la poussière, et cependant, elles ont mes faveurs, car j'ai sous les yeux mes ustensiles préférés. J'ai donc un buffet de cuisine encastré avec des étagères de différentes hauteurs ainsi que de nombreux crochets pour tasses qui présentent la vaisselle du quotidien – autrement dit, les tasses et les bols, ainsi qu'une série de boîtes en métal vintage. Autre avantage, et pas des moindres : j'ai moins de placards qui, avec leurs portes, réduisent considérablement l'espace. C'est un choix très personnel qui ne conviendrait pas à tout le monde, mais c'est le mien et j'en suis contente. Comme la plupart des articles qui y sont rangés sont réservés à l'usage journalier, je les lave quotidiennement.

Crochets

Moins il y a d'objets – vêtements, jouets, etc. – et plus votre intérieur est minimaliste – moins d'espace de rangement ou/et de mobilier –, donc plus le ménage est facile. Les crochets et patères sont de bons auxiliaires de rangement pourtant sous-utilisés, bien qu'ils aient un avantage certain : ils incitent les membres de votre famille ou vos colocataires à être ordonnés. Des rangées de crochets sous les étagères d'une chambre à coucher seront réservées aux colliers et bracelets que, en même temps, elles mettront en valeur – à la façon d'un étalage dans une boutique. Des crochets à tasses extralarges peuvent être destinés à des écharpes en soie que de plus, ils empêcheront de tomber. Les crochets sont aussi requis pour ranger des sacs de courses et cabas en PET. Dans les entrées et vestibules, où l'espace est parfois restreint, et où vous essayez désespérément d'encourager les membres de votre famille à accrocher vestes, blousons, écharpes, etc., disposez une longue rangée de crochets – non, pas les quatre crochets habituels, mais une rangée aussi longue que le mur vous le permet : cette astuce vous changera la vie ! Avec un peu de chance, chaque manteau, chapeau, écharpe et parka aura le sien. Ainsi, vous éviterez un empilement de manteaux avec ses conséquences, c'est-à-dire un renflement disgracieux sur votre mur qui, devenu ventru, empiétera sur l'espace. Vous pouvez aisément fabriquer votre propre porte-manteau mural à l'aide d'une planche en bois et de crochets de bonne taille.

Inspirez-vous aussi des idées des Shakers (secte religieuse américaine), à savoir, utilisez vos murs comme surfaces de rangement pour y suspendre vos chaises. Chez les Shakers, chaque chose était à sa place : les crochets étaient utilisés pour suspendre le petit mobilier et dégager le sol, ce qui non seulement facilitait les déplacements dans la maison, mais aussi le ménage. Cette idée peut sembler impraticable dans nos habitations modernes et pourtant, il existe sur le marché des tabourets et des chaises pliables et légers que l'on peut fixer à des crochets et replier contre le mur. Si vous recevez beaucoup, mais que vous ne voulez pas que votre salon-salle à manger soit encombré le reste du temps, suspendre vos chaises est une idée qui mérite vraiment réflexion.

Décorations de Noël

Il existe des catégories d'objets dont le rangement nécessite une vraie ingéniosité. Par exemple, les décorations de Noël, grandes et petites, aux formes les plus étranges et souvent délicates et fragiles. Vous ne les sortez qu'une fois par an, réservez-leur des boîtes de rangement appropriées – carton léger ou plastique – voire de robustes sacs de course recyclés en PET que vous glisserez aisément sous un lit, poserez au-dessus d'une armoire ou d'une étagère. Sinon, vous allez disperser le tout dans un ou plusieurs tiroirs, et vous ne retrouverez rien, le moment venu. Les guirlandes de Noël en particulier sont difficiles à ranger. Conservez leurs emballages d'origine. Cela peut prendre du temps de les y remettre, mais ce qui en est sorti devrait y retourner, et les ampoules de vos guirlandes seront bien protégées.

Bijoux

Autre problème de rangement récurrent, surtout lorsqu'il s'agit de faire la poussière : les bijoux. Où ranger ces petites broches ou camées que vous a légués votre grand-tante, des dizaines de peignes et de pinces à cheveux dont vous ne pouvez absolument pas vous passer, des tours de cou, des chaînes en or et colliers de perles et toutes ces bagues que vous porterez à l'occasion, mais certainement pas en même temps ? De simples coffrets en bois sont parfaits, même s'il vous en faudra plusieurs. Les boîtes à couture en bois pliantes aussi, à condition que vous disposiez de l'espace nécessaire pour en déployer les compartiments. Choisissez des coffrets en bois brut que vous customiserez à l'envie : peinture, collage, tissu, etc. (et quelle bonne idée pour un cadeau d'anniversaire).

Outils

Où les ranger ? Le problème ne se pose pas si vous disposez d'un atelier/garage ou d'un espace de travail séparé dédié. Il n'en reste pas moins que chaque foyer doit avoir une trousse à outils avec les indispensables : marteau et clous, pinces, tournevis, scie, ruban d'étanchéité, adhésifs, clé de radiateur, crochets pour tableaux, etc. Nous connaissons tous ces trousses à outils sous forme de pochettes en tissu ou en cuir, qui se roulent et se déroulent afin de permettre une organisation et un accès facile et de plus, dans un format minimal. C'est parfait pour qui utilise rarement des outils ou n'est pas bricoleur. La traditionnelle caisse métallique rouge à compartiments amovibles contient tout, des clés et marteaux aux crochets pour vos cadres et tableaux. Cela vous semble superflu, surtout si vous habitez dans un petit appartement ? Détrompez-vous ! On a toujours besoin de ruban adhésif double face pour moquette, de pinceaux, de crochets pour cadres et tableaux et d'autres outils, et les conserver dans un espace dédié est judicieux, croyez-moi !

Paperasserie

Un autre écueil quand on fait le ménage : la quantité de papiers qui arrive par la poste (malgré les courriels et les réseaux sociaux). Vous avez mis dans la poubelle de recyclage papier les brochures, dépliants, prospectus et autres promesses de vous enrichir vite ou de remporter un prix mirobolant, ainsi que les publicités vantant les qualités du double vitrage et/ou d'une toiture photovoltaïque, mais vous devez conserver les factures (à payer), les rappels de rendez-vous chez l'ophtalmologue ou chez le dentiste, des notifications de dates de rentrée scolaire et d'innombrables autres avis, mémos et messages que vous gardez parce que vous vous promettez d'y répondre à un moment donné. Il y a aussi les coupures de magazines que vous classerez un de ces jours, et même quelques nuanciers – parce que vous envisagez de refaire la déco – ainsi que de nombreux autres objets éphémères, impossibles à ranger ou à jeter. Tout cela conspire obstinément contre l'ordre et la propreté. Là interviennent le mobilier de bureau, les chemises en carton et autres classeurs destinés à classer et à catégoriser divers types de documents.

Alignés sur une étagère et bien étiquetés, éventuellement, selon un système de couleur clair et pertinent, dossiers, classeurs, chemises en carton sont vraiment efficaces et vous donneront le sentiment de contrôler cette accumulation, du moins, de mieux la contrôler. De plus, vous pourrez enfin nettoyer et dépoussiérer sans encombre l'espace débarrassé de la paperasserie.

Que ces rangements astucieux ne soient pas non plus une excuse pour cesser de désencombrer votre domicile ! Sans doute vous faudra-t-il à nouveau trier, jeter, donner ou brûler, car vous continuerez à accumuler plus ou moins compulsivement des objets et des vêtements auxquels même les meilleures solutions de rangements au monde ne pourront venir à bout.

Alerte aux animaux de compagnie !

Ce n'est pas parce que vous adorez vos animaux que vous devez vous laisser submerger, vous résigner aux pattes sales de votre chien après une balade par une journée pluvieuse, à la présence de leurs poils partout chez vous, ou aux ébrouements vigoureux de votre chien après l'averse. Heureusement, si vous avez suivi mes conseils précédents, vos paillassons de grande taille et absorbants à l'intérieur et à l'extérieur seront le sas de sécurité pour protéger vos sols, tapis et moquettes. De plus, si vous tenez prête une serviette-éponge dans votre entrée, vous aurez une chance sur deux de sécher votre chien avant qu'il ne se précipite dans le salon ou la cuisine, où il s'ébrouera joyeusement.

Mais le « sas de l'entrée » n'empêchera pas vos animaux de perdre leurs poils partout ailleurs dans votre intérieur. Si le vôtre est fidèle à son panier, tant mieux, vous l'avez bien dressé, vous tirez bénéfice de vos efforts. Ainsi vous suffira-t-il de secouer et de laver le panier régulièrement : vous vous épargnerez des heures de travail pour en retirer les poils. Je vous le concède, il faut être discipliné·é, et c'est peut-être beaucoup demander. Car, après tout, si vous avez un animal de compagnie, vous n'avez d'autre envie que de le caresser, de le toiletter, de l'asseoir sur vos genoux, de lui gratter le menton et le ventre. Suite à quoi vos vêtements sont couverts de poils… Et si votre chien est un bichon à poils

DOG

longs ou votre chat, blanc et persan, vous n'êtes pas au bout de vos peines. En effet, même si votre animal reste dans son panier, il préfèrera toujours occuper un bon fauteuil. Cela se conçoit : son panier est généralement sur le sol, il ne voit que des jambes et des chevilles, rien de bien intéressant, en somme, alors que depuis un canapé ou un fauteuil, il voit tout ce qui se passe, les va-et-vient, ce qui se cuisine. Ensuite, inévitablement, on s'assied sur le canapé ou le fauteuil précédemment occupé par votre chien ou votre chat, et on découvre trop tard ses vêtements recouverts de poils de chien ou de chat. Soyez astucieux·se, recouvrez la chaise d'une couverture ou d'un plaid, que vous retirerez lorsqu'un membre de votre famille ou un visiteur y prendra à son tour place.

De toute façon, quoi que vous fassiez (ou pas), il y aura des poils de vos animaux partout chez vous. Il existe de nombreux appareils conçus pour les ramasser efficacement. Par exemple, des brosses et peignes qui soignent tout en retirant les poils, ou des aspirateurs à main. Pour autant, les chats et les chiens n'apprécient guère les gadgets électroniques, il vous faudra plutôt procéder au toilettage « à l'ancienne », c'est-à-dire avec une brosse et un peigne, ou encore, utiliser des gants de toilettage. Pour les tissus d'ameublement (rideaux, canapés, etc.) et les vêtements, il existe des rouleaux adhésifs antipoils, éventuellement vous pouvez utiliser du ruban adhésif (d'emballage, pour tapis ou pour joint de plomberie) qui enlève assez bien les poils, mais qui sont moins pratiques que les rouleaux cités ci-dessus. Il existe également des brosses en caoutchouc censées faire des miracles. À défaut, des gants de ménage humidifiés devraient faire l'affaire.

L'enjeu des jouets

Dès sa naissance, le bébé moderne possède de très nombreux objets. Outre les équipements essentiels à son confort – le berceau, la baignoire, la poussette, le siège-auto, la chaise haute et les sacs fourre-tout géants nécessaires au quotidien, il y a les jouets. Tantes, oncles, grands-parents, amis et parents feront un cadeau de naissance, de sorte que le nouveau-né possédera déjà des hochets, des ours en peluche, des éléphants roses, mobiles et autres centres d'activité et d'éveil. Au début, vous les rangez, par exemple, dans le berceau ou sur le rebord de la fenêtre de la nursery afin de les mettre à l'honneur, mais au fur et à mesure que votre enfant grandit, les personnes susmentionnées, ainsi que de nouveaux amis et connaissances seront toujours plus généreux, et les cadeaux, également toujours plus variés, finiront par envahir votre intérieur.

À ce stade, il est quasiment impossible de se débarrasser des jouets, car, bien sûr, vous ne voulez pas blesser les généreux pourvoyeurs, de plus, votre enfant aime ces joujoux qui acquièrent donc une valeur sentimentale. Il ne vous reste qu'une option : un rangement astucieux et conditionné à quand et comment les jouets sont utilisés.

La meilleure solution : les boîtes gigognes en plastique transparent. En choisir une ou deux pour une séance de jeu au lieu de tout sortir et de tout ranger à chaque fois est ingénieux.

Il existe des jouets de toutes les formes, de toutes les tailles et plus ou moins fragiles, donc commencez pas les classer par catégories. D'abord, les plus petits : figurines, animaux de la ferme, soldats, astronautes et autres petits personnages des jeux vidéos, échangés et égarés. Une grande boîte à biscuits ou à bonbons (ou plusieurs, selon la diversité et le nombre de figurines) parfois suffira.

Les autres catégories de rangement : les Lego, les petites autos et les camions, les jouets électroniques, les poupées et leurs vêtements, les livres et les jeux de société et de cartes. Une fois que vous avez procédé à ce classement général (c'est difficile d'être plus précis, car certains jouets appartiendront simultanément à plusieurs catégories, tant pis, ne soyez pas non plus rigide), vous sortirez les boîtes choisies à chaque séance de jeu. Pour que ce système fonctionne, il faut bien sûr aider votre enfant à tout remettre dans lesdites boîtes quand il a fini de jouer. Mais cette méthode très pratique vous évitera un rangement fastidieux en fin de journée.

La chambre de votre ado

Argh ! Que faire ? Rares sont les adolescents qui aiment l'ordre, le rangement et la déco. Nous étions pareils, à leur âge. Le plus souvent, les chambres d'adolescents sont un amas chaotique de chaussettes malodorantes et de collants, de cartes de bus cachées sous des montagnes de vêtements essayés, puis rejetés, de produits cosmétiques et d'hygiène, sans oublier l'omniprésent iPad ou tablette. Vous insisterez, vous égosillerez (en vain) en invoquant l'ordre et les responsabilités, ou vous vous résignerez et accepterez que cet état de fait persiste jusqu'à la fin des études universitaires de votre rejeton. Vous fermerez la porte de sa chambre et jamais ne regarderez à l'intérieur. La seule solution : dire à votre ado que sa chambre étant la sienne, il en est responsable et mettre à sa disposition beaucoup de solutions de rangement – placards, penderies, tiroirs, une table de chevet dotée de compartiments et un bon miroir (dans lequel tout ce chaos se reflétera, mais les adolescents ne sont vraiment conscients que de leur propre apparence chaotique, donc ils ne le verront pas).

Tout passera avec le temps. Patience !

CE QU'IL FAUT FAIRE ✓

- Choisir un gratte-bottes décoratif sympa et ludique – un motif de hérisson ou de hibou peut-être, ou de teckel ou d'écureuil – plutôt qu'un modèle plus banal, et ainsi vous inciterez vos enfants à essuyer leurs bottes avant de rentrer.
- Vous débarrasser de la commode surchargée de la chambre d'amis : donnez-la et remplacez-la par un piano droit ou par un clavier de piano numérique dont toute la famille pourra profiter. Les écouteurs seraient en option, mais vos voisins y seraient favorables.

CE QU'IL NE FAUT PAS FAIRE ✗

- Ne pas utiliser un drap en lieu et place d'une housse de couette : le drap et la couette seront sens dessus dessous pendant la nuit et, de plus, et le matin venu, le drap froissé aura un aspect si négligé que vous vous sentirez contraint·e de le laver plus souvent.
- Ne pas retourner au magasin de deuxième main et racheter les articles que vous avez donnés la semaine précédente.

4

ENTRETIEN & NETTOYAGE : MÉNAGEZ-VOUS !

Face à la pléthore de salissures et saletés qui accompagnent notre quotidien – des polluants environnementaux aux substances collantes et/ou grasses, la boue, l'urine et la transpiration, les traces de crayon, les miettes et le calcaire, l'entretien de notre maison ressemble à une bataille de tous les instants.

Comment bien l'entretien de et nettoyer en ménageant ses efforts ? En premier lieu, ne soyez pas obsédé·e par l'idée d'un intérieur toujours impeccable. Vous aurez beau avoir des produits d'entretien formidablement efficaces, sans cesse vous devrez recommencer à ranger, nettoyer, etc. Et ne vous sentez jamais coupable si vous ne faites rien au lieu de faire votre ménage. À quoi bon ? Inutile de culpabiliser, soyez plutôt philosophe.

Nous savons que le désencombrement de votre intérieur en facilite l'entretien (voir page 108 - *Débusquez l'accumulateur compulsif qui sommeille en vous*). Dans le même ordre d'idées, consacrez quinze minutes par jour environ à votre ménage. Vous n'y aviez pas pensé ? Vous n'êtes pas le·la seul·e, et cependant, cette façon de procéder est incroyablement efficace ! S'il vous reste par exemple un petit quart d'heure avant de prendre votre bus ou le métro, consacrez-les à ranger ces cinq paires de chaussures qui traînent, à nettoyer l'évier, ou encore, à plier un carton avant de le mettre dans la poubelle de recyclage. Il ne faut que quelques minutes pour passer un coup d'éponge autour de la baignoire ou du lavabo ou encore, pour secouer quelques tapis ; c'est à peine si vous avez l'impression de faire le ménage !

Ma troisième ruse : le « petit ménage ». Ne renoncez pas à buller pour passer l'aspirateur partout dans la maison ou récurer votre cuisine du sol au plafond. Favorisez le concept du petit ménage, lorsque tel ou tel détail commence à vous gêner. Par exemple, la saleté de votre sol de cuisine vous saute tout à coup aux yeux, il faut le nettoyer ! Aussi dit aussitôt fait : vous vous emparez d'un balai serpillière, et en un tournemain, le carrelage de votre cuisine redevient rutilant ! Du coup, vous en profiterez pour laver les sols de l'entrée et de la salle de bains. Cela vous prendra moins de dix minutes, un petit ménage ne doit pas excéder trente, par conséquent, il ne dominera pas votre journée et enfin, vous en tirerez toujours une grande satisfaction.

Le ménage de la flemme, c'est, j'en suis consciente, le mantra de cet ouvrage pratique, mais croyez-moi, un entretien régulier rendra la charge de travail globale moins chronophage et fastidieuse. N'oubliez pas ce principe : votre intérieur doit être propre et ordonné de sorte que si une visite improvisée s'annonce, vous êtes en mesure de le rendre impeccable en l'espace de dix minutes. Bien sûr, tou·te·s, nous avons nos propres conceptions et définitions de l'ordre et de la propreté, mais à moins que vous ne soyez perfectionniste, sachez qu'un petit coup d'aspirateur ou de serpillière, quelques tapotements sur vos coussins de canapé pour leur redonner du gonflant et une bonne odeur du café en train de percoler devraient suffire. Attirez le regard sur le petit détail charmant – par exemple un beau bouquet dans un vase — pour détourner l'attention de vos visiteurs d'une pile de livres dans un coin, ou d'un rangement en cours.

Comment rendre les tâches essentielles aussi faciles que possible ? Commençons par la zone la plus sale et la plus ardue à nettoyer : la cuisine.

Vos armes secrètes pour votre cuisine et votre salle de bains

La cuisine est l'endroit où s'impose le principe du « nettoyage au fur et à mesure ». La préparation des repas, ça salit, ça graisse, ça désordonne considérablement. Les premiers temps de mon mariage, mon mari cuisinait : il préparait des repas gastronomiques avec assurance, en utilisant une quantité incroyable de casseroles, bols, couteaux professionnels, cuillères en bois. La graisse giclait ; il y avait des éclaboussures de sauces, etc. partout. C'est en nettoyant derrière lui que j'ai compris qu'il fallait toujours essuyer les plans de travail à chaque étape de la préparation d'un repas. Les résidus n'ont pas le temps de sécher sur le plan de travail ou sur la planche à découper, donc ils sont moins difficiles à retirer. Les ustensiles sales doivent être systématiquement placés dans l'évier ou à sa proximité, les taches, aussitôt essuyées, et les épluchures, etc., jetées immédiatement à la poubelle. Une fois le repas prêt, le désordre est moins impressionnant et par conséquent, plus facile et plus rapide à gérer. Balayer vous évitera de marcher sur les miettes et autres résidus qui adhéreront au sol.

Comme nous l'avons vu précédemment, les trois produits nettoyants les plus utiles et les plus efficaces sont comestibles : le citron, le vinaigre de ménage et le bicarbonate de soude (voir page 27 - *Adoptez les nettoyants « verts »*). Préparez votre propre « nettoyant multiusage », ce sera plus rapide que de vous rendre au supermarché ou de commander sur Internet. La recette est la suivante : mélangez une tasse de vinaigre de ménage, de bicarbonate de soude et d'eau chaude dans une carafe. Remuez, laissez refroidir, puis versez le liquide obtenu dans un flacon en spray que vous étiquetterez soigneusement. Lorsque vous voudrez effacer les traces de mouches sur les murs, de doigts sales sur les interrupteurs ou déloger toutes les autres taches dans la maison, vous n'aurez qu'à secouer votre flacon, puis vaporiser et essuyer avec votre chiffon en microfibres.

Le citron

Coupez un citron en deux, vous obtiendrez deux mini-éponges qui tiennent dans la paume de votre main et avec lesquelles vous nettoierez les taches de graisse dans toute la cuisine, de votre plan de travail aux robinets. Commençons par les zones de cuisson, et précisément, par le four à micro-ondes, où s'accumulent les taches et éclaboussures de nourritures au fil du temps. Placez au centre de votre four à micro-ondes un bol d'eau avec le jus d'un demi-citron. Mettez-le en marche pendant une dizaine de minutes, le temps que la vapeur s'accumule sur les surfaces à l'intérieur. Laissez reposer quelques minutes avant d'ouvrir, puis essuyez les surfaces avec un chiffon ou un torchon humide : votre four à micro-ondes sera impeccable et de plus, il sentira bon le citron. Vous pouvez utiliser le même procédé pour nettoyer un four traditionnel : remplissez le tiers d'une lèchefrite avec de l'eau et le jus et zeste de deux citrons. Coupez des citrons en deux, pressez-en le jus dans l'eau et ajoutez-y les zestes. Faites chauffer votre four à 250°C pendant environ une demi-heure ou, s'il est vraiment très sale, pendant une quarantaine de minutes. Laissez refroidir, retirez la lèchefrite et, à l'aide d'un tampon à récurer, d'une spatule (surtout pas de couteau !) et d'un

chiffon en microfibres trempé dans de l'eau citronnée, recueillez l'excès de graisse carbonisée. Terminez avec une serviette éponge usagée, mais super-absorbante que, ensuite, vous jetterez. Sinon, utilisez de l'essuie-tout. Surtout, laissez refroidir le four avant de l'ouvrir et de le nettoyer. Et, en attendant que votre préparation au citron agisse, faites quelque chose d'agréable. C'est là le secret… Vous venez de vous simplifier la vie en évitant la fastidieuse utilisation de nettoyants pour four à la soude caustique alors ne vous fatiguez pas à frotter frénétiquement la graisse carbonisée ! Si vous n'avez pas nettoyé votre four depuis plusieurs mois (des années ?), ajoutez une demi-heure au temps de nettoyage, ainsi que de l'eau et les jus et zestes de deux autres citrons. Au pire, utilisez un nettoyant conventionnel, mais le citron et l'eau restent les meilleures solutions. Mes petits-enfants adorent cuisiner, préparer de délicieux currys et autres salades végétaliennes. Après leur visite, je me retrouve avec une plaque de cuisson qui ressemble à l'intérieur d'un cratère de volcan. Vous connaissez sans doute le problème, n'est-ce pas ? Il vous suffit d'en saupoudrer la surface de bicarbonate de soude, puis de couper un citron en deux et d'utiliser l'une des moitiés pour frotter avec le bicarbonate de soude. Laissez reposer pendant dix minutes, essuyez. Cette méthode fonctionne aussi bien sur les planches à découper que sur les plans de travail stratifiés, et de plus, le citron est un désinfectant naturel…

Le vinaigre d'alcool, ou vinaigre ménager ou vinaigre blanc

L'acide acétique du vinaigre et l'acide citrique du citron font partie de la famille des acides organiques. Le vinaigre blanc est un autre ingrédient comestible bon marché et sûr que vous pouvez utiliser dans toute la maison. Si vous devez nettoyer de grandes surfaces, le vinaigre est probablement l'option la moins coûteuse.

Si vous avez une canalisation bouchée et que vous avez utilisé une ventouse sans résultat, versez une demi-tasse de bicarbonate de soude dans la canalisation, ensuite une demi-tasse de vinaigre blanc et pour finir, une tasse d'eau très chaude. Attendez dix minutes, rajoutez de l'eau chaude. Après cela, si nécessaire, reprenez votre ventouse. Ce temps d'attente est essentiel à la réussite de l'opération et vous permet de penser à autre chose pendant que le mélange agit.

Le vinaigre est un excellent détartrant. Une tasse de vinaigre blanc dans la cuve du lave-vaisselle avant son utilisation s'attaquera aux dépôts qui blanchissent les verres. Si votre bouilloire est encrassée et entartrée, remplissez-la à moitié d'eau et ajoutez la valeur d'un coquetier de vinaigre, puis faites-la bouillir et laissez reposer pendant dix minutes. Le calcaire devrait disparaître, il ne vous restera qu'à rincer votre bouilloire. Attention : ne pas trop remplir la bouilloire d'eau et de vinaigre blanc, car la solution risquerait de mousser en bouillant et de déborder. Le vinaigre dissout également

le calcaire des robinets, des pommeaux de douche, de l'évier, dans la cuvette des toilettes. Attachez un sac en plastique contenant du vinaigre blanc autour d'une tête de robinet de manière à ce que l'extrémité y trempe, laissez agir pendant quelques heures, puis retirez le calcaire à l'aide d'une brosse à dents usagée. Et pour que le vinaigre reste sur les parois de la cuvette des toilettes, trempez du papier toilette dans le vinaigre. Ensuite, disposez les feuilles imbibées sur les parois de la cuvette et laissez agir pendant toute la nuit : le lendemain le calcaire sera dissous. Comme pour tout ce qui concerne le ménage, la patience est de mise, il faut s'éloigner de votre « chantier » et laisser reposer quelques heures, ou appliquer le traitement avant d'aller se coucher pour en voir les résultats le lendemain matin. Une de mes amies qui vit dans un ravissant cottage dans la campagne du Sussex a découvert que le pommeau de sa douche était entartré, si bien que l'eau ne s'en écoulait plus. Elle a versé du vinaigre blanc dans une tasse et a laissé le pommeau de douche y tremper pendant la matinée, pendant laquelle nous nous sommes promenées au bord de la rivière. À l'heure du déjeuner, le pommeau fonctionnait parfaitement, c'est à peine si nous avons eu besoin de rincer.

Lorsque vous aurez terminé de nettoyer les vitres (voir page 155 - *Des surfaces miroitantes éclatantes !*), versez un peu de vinaigre dans un flacon pulvérisateur en plastique et vaporisez sur les parois et les rideaux de la douche pour éviter les moisissures. Vous en éviterez également l'apparition si les membres de votre famille n'oublient pas de laisser ces rideaux tirés afin qu'ils ne forment pas de plis épais et empêchent l'air de pénétrer.

Le bicarbonate de soude

Il est faiblement alcalin, vous pouvez l'utiliser seul, ou avec du jus de citron ou du vinaigre pour nettoyer dans toute la maison. Je suis toujours surprise de constater combien un produit aussi banal, et comestible, peut être aussi efficace. Le bicarbonate de soude nettoie les taches de café et de thé tenaces sur les tasses et les bols : mélangez un peu de bicarbonate de soude avec de l'eau de façon à former une pâte, appliquez sur les parois de ces récipients, laissez agir pendant la nuit avant de laver. Le lendemain, lavez à l'eau chaude. Adoptez le même procédé et le même temps d'attente pour vos casseroles et plats aux fonds brûlés.

Saupoudrez du bicarbonate de soude sur les tissus d'ameublement et de recouvrement pour absorber les odeurs de votre chien. Laissez agir pendant la nuit, ensuite, passez l'aspirateur. Ne vous précipitez pas : laissez au bicarbonate de soude le temps d'agir. Saupoudrez-en sur les couvertures pour chiens que je vous conseille cependant de laver de temps en temps. Pour éviter les mauvaises odeurs dans votre réfrigérateur, placez à l'intérieur un récipient de la taille d'un coquetier rempli de bicarbonate de soude. Si les mauvaises odeurs persistent, nettoyez-le intégralement.

La crème de tartre

Il existe un autre ingrédient comestible que l'on utilise en pâtisserie et qui possède également des qualités de blanchiment : la crème de tartre. Là encore, il s'agit d'un acide doux, c'est un sous-produit de la fabrication du vin et un additif alimentaire aux propriétés nettoyantes. Réalisez une pâte avec de la crème de tartre et du jus de citron que vous appliquerez, avec une brosse à dents usagée, sur les joints de carrelage de votre salle de bains ou de votre cuisine. Laissez agir pendant quelques heures, ensuite, essuyez avec un chiffon humide ; les joints seront comme neufs. Vous pouvez l'utiliser de la même manière que le bicarbonate de soude pour nettoyer une cafetière. Il suffit de mettre trois cuillères à café de crème de tartre dans la cafetière, d'ajouter de l'eau. Faire chauffer, laisser reposer pendant une heure environ et enfin, rincer.

Les sols

Des sols propres et impeccables donneront d'emblée une impression de propreté à toute la maison, même si vous n'avez pas fait la poussière depuis un mois ! Si vos lames de parquet sont rutilantes et que vous venez de passer l'aspirateur sur vos tapis et moquettes, vous aurez déjà la réputation de bien tenir votre intérieur.
Et si vous avez eu le bon sens d'installer un paillasson efficace, absorbant et large, à l'extérieur comme à l'intérieur (voir page 94 - *Essuyez vos pieds sur le paillasson SVP !*), vous vous serez déjà épargné·e la corvée de balayage ou de l'aspirateur ! Ce sont les miettes, la poussière, la boue et le sable que l'on remarque le plus sur les sols, les tapis et moquettes, et qui les abîment. Les taches de caoutchouc, de goudron ou de crayon de couleur ne produisent pas une impression aussi désastreuse, et vous pouvez les négliger, du moins jusqu'à ce que vous trouviez le temps de les

faire disparaître. Un coup d'aspirateur rapide dans les cinq minutes qui précèdent une sortie (et avant que vous n'ayez le temps de vous raviser) vous permettra de maîtriser la situation. Vous pouvez aussi passer un coup de balai serpillière. Souvenez-vous de la stratégie du petit ménage.

Sols durs

Globalement, les parquets vitrifiés sont mieux protégés des rayures ou de l'humidité que des parquets cirés, et de plus, ils n'auront pas besoin d'être poncés. Il est exclu de cirer un parquet vitrifié, et les parquets cirés n'ont pas besoin de l'être souvent ; un excès de cire les rendra glissants. Un sol en béton brut dans un garage ou un atelier est poreux, friable et peut donc produire encore

plus de poussière. Plus la surface du béton est fragile, plus ce risque de « farinage » augmente. Bouche-pores, cire ou vernis pour sols et murs en béton apportent une couche de finition protectrice. L'ancienne technique, expliquée dans *Your Home And You, Unit Course in Home Economics* de Charlotta C. Greer (Boston and New York: Allyn and Bacon, 1949) consistant à saupoudrer le plancher de feuilles de thé noir humides, puis à les balayer, a permis de recycler les feuilles de thé et de dépoussiérer. De la même façon, vous pouvez utiliser les sachets de thé usagés, à condition que ceux-ci soient encore humides. Une fois répandus, cela est certes un peu fastidieux à balayer, mais votre plancher sera net, encore plus beau, et même si le nettoyage a été succinct. J'apprécie toujours le moment, dans *Blanche-Neige et les Sept Nains* balaie la poussière sous le tapis. Je le confesse, cela m'est arrivé.

Tapis et moquettes

Si votre moquette est neuve et à poils coupés, passez-y l'aspirateur tous les jours. Il est normal que des fibres lâches y soient présentes. Leur nombre est faible par rapport à la teneur totale en fibres de la moquette et leur élimination n'aura aucune incidence sur la durée de vie ou la qualité de votre moquette. En passant l'aspirateur régulièrement, la plupart disparaissent progressivement au cours de la première année suivant la pose. Et si vous constatez que quelques fils dépassent, coupez-les avec soin, avec des ciseaux, n'essayez surtout pas de les arracher. Passez l'aspirateur régulièrement sur votre moquette pour éviter que la saleté ne s'y incruste et afin que les « *tufts* » restent droits. En principe, tous les aspirateurs conviennent, mais un aspirateur batteur ou aspiro-batteur convient plus particulièrement aux moquettes tuftées. Un aspirateur à buses est plus destiné aux moquettes en laine bouclée, à longues mèches ou très épaisses.

Adoptez la bonne cadence : si vous êtes comme moi, toujours pressée, sans doute passez-vous l'aspirateur à toute vitesse, si bien qu'il n'a pas le temps d'aspirer. Un seul passage soigneux suffira si vos tapis et moquettes ne sont pas très sales, dans le cas contraire, insistez sur le même endroit, toujours avec soin. Vous éliminerez ainsi le maximum de salissures. N'essayez pas de gagner du temps en aspirant tout sur votre passage : balayez ou ramassez au préalable les punaises, trombones et perles.

Quelle que soit la nature de votre moquette ou tapis, même le meilleur aspirateur au monde n'aspirera pas correctement si le sac est plein. Ma mère disait que le sac d'un aspirateur devait être vidé à chaque utilisation – un conseil perfectionniste que je n'ai jamais bien suivi, toujours est-il qu'il faut vider le sac, ou le changer, avant qu'il ne soit complètement plein. Si votre aspirateur n'a pas de sac, il est tout aussi important de laver le filtre régulièrement. La plupart sont très faciles à retirer, à laver et à remettre en place, une fois secs. La fréquence recommandée semble être tous les trois mois environ.

De temps en temps, nettoyez vos tapis et moquettes avec un nettoyeur vapeur avec aspiration pour moquettes. Comme vous n'avez probablement besoin d'un tel appareil qu'une fois par an environ, son achat peut sembler inutile, d'autant qu'il est encombrant. Dans ces conditions, pourquoi ne pas en partager un avec des amis ou de la famille ?

Tapisseries/tissus d'ameublement et de recouvrement (fauteuils, canapés, habillage des meubles)

Nos fauteuils et canapés rembourrés, tapissés ou recouverts, avec ou sans housse, ont la vie dure ! Neufs, ils sont splendides, mais il ne faut pas longtemps avant qu'on y renverse du café ou qu'on les tache de sauce tomate, sans compter les mains sales sur les accoudoirs, les semelles de chaussures boueuses sur les coussins, les poils de vos animaux qui s'y accrochent et la poussière emprisonnée dans les plis – voilà comment, soudain, ils semblent usés et fatigués. Cela vaut vraiment la peine de sortir et de secouer les jetés de canapé le matin ou le soir, et de passer de temps en temps l'aspirateur avec l'embout pour tissus d'ameublement, ou avec un aspirateur à main et sans fil (dit aussi aspirateur portatif ou aspirateur de table). Tapotez les coussins de votre canapé pour leur redonner du gonflant, ajustez vos jetés de canapés ou vos housses pour lui donner plus belle apparence. Comme nous l'avons mentionné plus haut, les propriétaires d'animaux ont souvent recours à une couverture, à un plaid pour recouvrir le fauteuil préféré de leur chien ou de leur chat, qu'ils retirent ensuite pour rendre disponible le fauteuil à un membre de la famille ou un visiteur.

Comment garder vos tapisseries d'ameublement uniformément impeccables ? Dans le meilleur des cas, passez un chiffon en microfibres humide sur les accoudoirs, le dossier et dans les plis et nervures afin de les rafraîchir. Éliminez les taches avant qu'elles ne s'incrustent, sèchent et déparent définitivement le tissu. Retournez les coussins de l'assise régulièrement, shampouinez-les avec un produit spécialement conçu pour les textiles et les tissus d'ameublement deux ou trois fois par an, même si ceux-ci vous semblent propres. Si vous le faites régulièrement, cela vous évitera un nettoyage à sec professionnel. Les tissus d'ameublement à housse amovible neufs requièrent des précautions de lavage particulières et doivent porter une étiquette avec les codes d'entretien relatifs au nettoyage à sec.

Celles-ci sont généralement cachées sous les coussins de l'assise. Si elles n'y sont pas, regardez mieux (en espérant que vous ne les avez pas découpées, lorsque vous les avez installés chez vous). Les symboles pour le nettoyage à sec par un professionnel sont représentés par un cercle avec, à l'intérieur, une lettre qui informe sur le solvant à utiliser. W : nettoyage à sec ou à l'eau effectué par un professionnel. F : nettoyage à sec professionnel aux hydrocarbures uniquement. P : nettoyage à sec professionnel avec tout type de solvant. Le cercle avec une barre en dessous indique que le vêtement ne requiert qu'un entretien professionnel modéré. En complément, ce symbole vous indiquera également : un processus modéré (un seul trait sous le cercle), un processus très modéré (deux traits sous le cercle), un nettoyage à sec interdit (un cercle vide, barré), et un lavage professionnel interdit (un cercle avec un W barré).

Lorsque vous avez des doutes sur l'entretien et le nettoyage de vos tissus/tapisseries de recouvrement et d'ameublement, les informations de ces étiquettes sont précieuses, et vous éviteront des nettoyages fautifs qui les abîmeraient.

Rideaux

Comment se simplifier le nettoyage des rideaux, en particulier, les tentures lourdes et doublées conçues pour avoir un tombé gracieux et un effet froncé ? Vous ne leur accordez guère d'attention la plupart du temps, mais un jour ou l'autre, il vous faudra les laver ou les confier à un professionnel du nettoyage à sec, en clair, vous devrez les décrocher, et vous renseigner sur le type de nettoyage qu'il convient d'adopter. Certes, vous pouvez repousser cette corvée en les entretenant soigneusement, c'est-à-dire en les secouant pour les dépoussiérer une fois par semaine, ou en y passant l'aspirateur-balai ou l'aspirateur à main. À cet égard, n'oubliez pas les rails ou les tringles à rideaux. Quoi qu'il en soit, viendra aussi le moment où les nettoyer, ou les faire nettoyer. Le code d'entretien des textiles porté sur l'étiquette vous informera si vos rideaux sont lavables, ou s'ils doivent être nettoyés à sec. Parfois, le tissu principal est lavable, pas la doublure. Vous pouvez laver les rideaux en mousseline ou les voilages dans une taie d'oreiller ou dans un sac à linge en mailles fines. Ils sèchent facilement. Les grands rideaux volumineux sont très lourds, une fois mouillés, et de toute façon, ils ne rentrent pas forcément dans votre machine à laver, il faut les pendre pour qu'ils sèchent, puis les plier et les repasser. Si vous tenez à les laver par vous-même, choisissez un programme à froid avec peu de lessive, mais je vous conseille de les confier au pressing, à des professionnels.

Stores de fenêtre

Un professionnel du nettoyage à sec est le spécialiste du nettoyage des rideaux et des stores, ainsi que des couettes deux personnes et des oreillers.
Les stores sont difficiles à laver et à sécher. En théorie, vous pouvez démonter vos stores vénitiens et les laver dans votre baignoire, mais ce n'est pas pratique et surtout, leurs lames peuvent rayer votre baignoire.

Le plus simple, c'est de les laisser en place, d'enfiler un gant en coton et de passer les doigts le long des lamelles. Il existe des brosses et des pinces de nettoyage pour lamelles de stores, mais ces instruments ne sont pas toujours efficaces.

On peut frotter les stores enrouleurs avec un chiffon en microfibres. Certains sont lavables, mais encore une fois, il s'agit d'une procédure plutôt fastidieuse, et à éviter si possible. Vous pouvez nettoyer les stores en PVC avec un chiffon en microfibres humidifié au préalable.

Les surfaces verticales et la gestion des hauteurs

Dans l'ensemble, les surfaces verticales (c'est-à-dire, les murs et les portes) ne se salissent pas visiblement ou rapidement, à l'exception d'une légère couche de poussière que vous épousseterez de temps à autre avec une tête de loup télescopique ou un chiffon en microfibres. En règle générale, lessivez un mur seulement avant de le peindre ou de le tapisser. Passer un chiffon sec sur les murs peints et tapissés. Mais si votre revêtement mural est à relief, choisissez une brosse à épousseter en soie qui, utilisée en douceur, dispersera la poussière sans endommager la surface.

Les toiles d'araignées garnies de résidus d'insectes s'accumulent en haut des murs, à la croisée des plafonds et dans les coins supérieurs des cadres de fenêtres. Elles se multiplient sans que l'on s'en aperçoive, mais il suffit que vous remarquiez leur présence pour que vous ne voyiez plus qu'elles, alors un sentiment de culpabilité face à votre négligence vous envahit. Retirez-les avec un chiffon sec ou avec une brosse. Si vous essayez de les déloger avec un chiffon humide, la poussière et les insectes pris au piège de la toile tacheront votre mur, le remède sera pire que le mal. Utilisez la tête de loup télescopique pour dépoussiérer vos plafonds, encore une fois, évitez d'utiliser une éponge imbibée d'eau ou un chiffon humide. Le cas échéant, étendez un vieux drap, en dessous, pour recueillir les résidus et éviter de sortir l'aspirateur.

D'autres taches salissent les murs : crottes de mouches et traces de doigts. Les mouches domestiques apprécient les surfaces brillantes, plates et claires – vitres, miroirs et murs blancs, qu'elles tachent avec leurs excréments. On les remarque seulement lorsque ceux-ci se sont accumulés, mais ils sont faciles à enlever avec une éponge trempée dans une solution à proportion égale de vinaigre blanc et d'eau chaude. Cette méthode simple permet également d'éliminer les traces de doigts sur les interrupteurs – d'où viennent-elles donc ? Qui aurait cru que nous avions des doigts aussi sales ?

Les luminaires

Lorsque les ampoules accumulent trop de poussière, elles ternissent et sont moins efficaces. Les tubes fluorescents, par exemple, perdent 40 % de leur luminosité s'ils sont très sales, ce qui est souvent le cas dans une cuisine ou dans un atelier. Quoi qu'il en soit, toutes les ampoules doivent être dépoussiérées régulièrement, sinon vous vous demanderez pourquoi la luminosité est si faible lorsque vous épluchez les pommes de terre ou lisez votre courrier. Et surtout, n'oubliez pas d'éteindre la lumière avant tout époussetage !

Des surfaces miroitantes éclatantes !

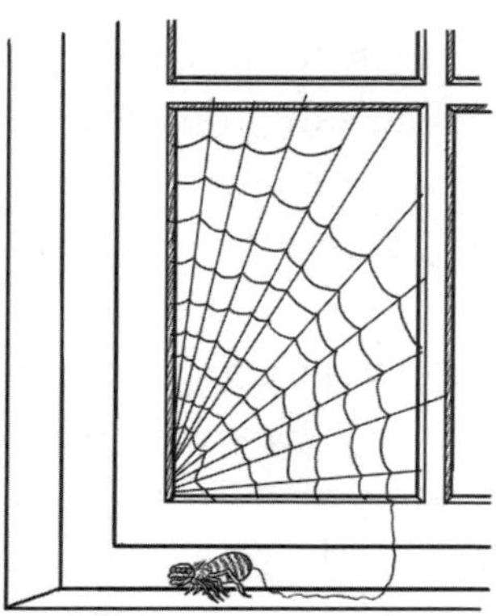

Vitres de fenêtres

On trouve dans le commerce toute une gamme de nettoyants pour vitres en spray. Ces produits sont destinés à être vaporisés sur une surface sèche, donc essuyez la condensation ou la pluie sur votre vitre au préalable. Il est tout aussi efficace, et surtout, bon marché, d'utiliser du vinaigre blanc plutôt qu'un nettoyant conventionnel. Il vous suffit pour cela de remplir un seau d'eau chaude et d'y ajouter une tasse de vinaigre (la proportion est approximative, il ne s'agit pas d'une science exacte).

Avant de commencer à laver vos vitres de fenêtres, éliminez soigneusement les résidus secs avec un chiffon humide – poussière, fragments de feuilles mortes et toiles d'araignée. Préférez une raclette à vitre à des chiffons en coton et autres chutes de tissu. Elles existent en plusieurs tailles : petites (comme celles que l'on utilise pour les vitres de portières et le pare-brise de voiture) et destinées aux petites vitres carrées, ou larges, pour les grandes vitres et les baies vitrées. Plongez-la dans le seau jusqu'à ce que la barrette et le caoutchouc soient recouverts par le mélange eau et vinaigre, puis commencez par le haut. Passez la raclette horizontalement de gauche à droite si vous êtes droitièr·e, et de droite à gauche si vous êtes gauchèr·e. Si votre vitre est vraiment sale (comme peut l'être, par exemple, la vitre extérieure d'une fenêtre de rez-de-chaussée donnant sur rue), il vous faudra peut-être répéter cette opération. Après chaque passage, essuyez la lame avec l'ingrédient secret magique, c'est-à-dire, du papier journal froissé, plongez de nouveau votre raclette à vitre dans le seau et répétez. Lorsque vous avez nettoyé les deux faces de la vitre, essuyez avec du papier journal froissé : cela vous permettra

aussi d'éliminer les taches les plus récalcitrantes. Certains doutent de l'efficacité du papier journal, mais ça marche ! Je ne sais pas si c'est à cause de l'encre d'imprimerie ou du papier en soi, qui est absorbant, mais c'est rapide et très efficace et de plus, le papier peut être recyclé.

Si vous voulez vous faire plaisir, achetez une peau de chamois. Le chamois tient morphologiquement de la chèvre et de l'antilope. Autrefois, on utilisait sa peau pour fabriquer un cuir doux et souple destiné aux gants ainsi qu'aux chiffons de nettoyage. De nos jours, et comme son nom ne l'indique pas, la peau de chamois est fabriquée à partir de peau de mouton tannée avec des huiles essentielles, mais elle a la même texture douce et souple, c'est un plaisir de l'utiliser. Elle permet de nettoyer la barrette de la raclette à vitre et d'éliminer les dernières taches. Utilisez-la en tandem avec le papier journal froissé, mais ne la substituez pas à celui-ci.

Évitez de nettoyer vos vitres si elles sont recouvertes de givre ou si le soleil est intense. C'est à ces moments-là que la saleté sur nos vitres attire l'attention, mais le givre fragilise le verre qui peut se fissurer et de plus, en plein soleil, l'eau sèche trop vite, ce qui favorise l'apparition de taches, sans compter que vous serez probablement aveuglé·e par la lumière. Quoi qu'il en soit, n'utilisez pas de tampon abrasif pour éliminer des traces récalcitrantes sur vos vitres. Laissez simplement le vinaigre et l'eau agir avant d'essuyer.

Acryliques, miroirs, écrans et téléphones

Les raclettes à vitre conviennent au lavage des vitres, mais elles ne doivent pas être utilisées sur les miroirs ; elles pourraient abîmer la plaque de verre plus ou moins épaisse sur laquelle est appliquée une couche réfléchissante d'aluminium ou d'argent, puis la couche de cuivre ou de plomb qui forme le tain. Le verre sert de support et de protection à la couche réfléchissante, le tain rend le miroir opaque et empêche l'oxydation de la couche réfléchissante. Vaporisez la solution de vinaigre blanc et d'eau sur un chiffon en microfibres et passez-le soigneusement sur la surface du miroir, en évitant que l'humidité ne touche les bords, car la décoloration des coins est souvent causée par l'eau ou par une solution de nettoyage qui affectent le support en argent.

Les matériaux réfléchissants et miroitants doivent être nettoyés avec le même soin. Par exemple, le *verre acrylique* (qui n'est pas du verre, mais un thermoplastique transparent (PLEXIGLAS®, PERSPEX®). Les nettoyants domestiques contiennent des abrasifs qui égratignent l'acrylique voire des solvants, ce qui peut causer un phénomène de faïençage (autrement dit, l'apparition de fines craquelures à la surface du verre acrylique). Celui-ci est parfois utilisé comme alternative aux vitres de fenêtres, lucarnes, cadres de tableaux ou de photos, aux écrans de télévision et aux parois de douches et baignoires, et il doit toujours être nettoyé avec un produit dédié.

Votre *écran d'ordinateur* peut accumuler de la saleté et de la poussière pendant longtemps avant que, un beau matin, vous ne vous en aperceviez et vous précipitiez pour le nettoyer. Utilisez une solution d'eau et de vinaigre blanc (mélange 50/50), et surtout pas l'eau du robinet, mais uniquement de l'eau distillée. N'utilisez pas non plus de solution contenant de l'ammoniaque, évitez les nettoyants pour vitres en spray conventionnels qui pourraient décolorer l'écran. Préférez un produit adapté, vaporisez sur un chiffon doux que vous passerez en douceur sur l'écran. N'utilisez pas de l'essuie-tout, de torchon ou de mouchoirs en papier – ils sont trop abrasifs. Oh, et à propos, savez-vous que vous pouvez retirer les miettes de chips et de croissants de votre clavier très facilement avec un pinceau à aquarelle doux ?

Pour les *téléviseurs*, les fabricants donnent des conseils pour l'entretien des écrans, qui sont parfois dotés d'un protecteur d'écran lequel peut être endommagé par les nettoyants en spray pour vitres. Vérifiez dans le manuel de l'utilisateur quel type de produit est recommandé. Les bons nettoyants pour écrans sont sans alcool/sans ammoniaque. Utilisez simplement un chiffon en microfibres sans l'humidifier au préalable. Si votre écran est vraiment très sale, humidifiez à peine votre chiffon et n'appuyez pas – il est si facile de casser un écran. Éteignez votre appareil avant de le nettoyer.

Le saviez-vous, nos *téléphones portables et Smartphones* comptent parmi les objets les plus sales de notre quotidien ? Nous parlons, respirons dedans en permanence et les manipulons sans nous laver les mains au préalable. Les téléphones portables sont plutôt faciles à nettoyer puisqu'ils sont plats, mais les téléphones fixes sont dotés de combinés et sont souvent utilisés par plus d'une personne. Dans l'absolu, débranchez-le avant de le nettoyer, cela dit, tant que vous ne le mouillez pas, vous ne courez guère de risque. Ne vaporisez pas d'eau directement sur votre téléphone fixe ou portable, humidifiez un chiffon doux au préalable pour éliminer les empreintes digitales, les éclaboussures et les germes, et utilisez un coin sec de votre chiffon pour retirer toute trace d'humidité. Des cotons-tiges vous permettront d'éliminer la poussière et les miettes dans les fentes et fissures.

Tous les meubles

Un coup d'époussetage est le meilleur moyen d'entretenir vos meubles. Faites la poussière quand vous en remarquez la présence. Dans le même temps, vérifiez les dossiers et les assises de vos chaises, ainsi que les pieds de table, souvent oubliés, et les accoudoirs, dont l'entretien peut nécessiter un coup de chiffon en microfibres humide plutôt qu'un simple coup de plumeau.

Votre paillasson et l'aspirateur minimiseront la dispersion de la poussière, ce qui vous évitera de faire ce contrôle trop souvent. Mais lorsque vous devez dépoussiérer, effectuez d'abord ces tâches, et ensuite passez l'aspirateur. Les plumeaux extensibles en fibres synthétiques sont parfaits pour les toiles d'araignées et les cimaises, mais ils peuvent rayer les meubles délicats. Utilisez plutôt un plumeau en plumes d'autruches. La plupart des meubles contemporains ont une finition facile à nettoyer et, mis à part l'époussetage, ne nécessitent qu'un coup de chiffon sec ou humide. En revanche, si vous possédez un meuble ancien ou une authentique antiquité, et surtout si elle est en bois, cela nécessitera plus de soins pour bien les conserver. Si le meuble est un peu sale, nettoyez-le avec un chiffon trempé dans une tasse d'eau additionnée de quelques gouttes de vinaigre blanc. Ensuite, intéressez-vous à la meilleure façon de le sublimer. En règle générale, et en cas de doute, n'intervenez pas, nettoyez le moins possible.

Les finitions les plus courantes, et leur entretien :

Meubles peints : les peintures utilisées sur les meubles modernes sont généralement brillantes, semi-brillantes ou à base d'huile ou de latex. Elles sont robustes et résistantes aux taches. Il vous suffit de les déloger avec de l'eau additionnée de liquide vaisselle et d'essuyer avec un chiffon propre.

Bois teinté : le bois est résistant, non poli, il vous suffit de passer dessus un chiffon humide.

Bois brut ou naturel/non vernis : cela concerne les tables de cuisine et les plans de travail en bois massif. Certains aiment cirer leurs meubles en bois brut, d'autres préfèrent les laisser tels quels. Dans tous les cas, appliquez d'abord une solution d'eau et de savon de Marseille liquide sur un chiffon, pas directement sur le bois. Il ne doit jamais persister d'humidité.

Bois vernis ou laqué : cela concerne les tables et les chaises. Utilisez un chiffon humide, essuyez afin de faire briller. Appliquez une couche de vernis en bombe aérosol, mais à l'occasion seulement : le vernis qui s'accumule attire la saleté et la poussière.

Bois plaqué : le bois de placage vient du tronc de l'arbre, il est coupé en feuilles très minces et l'entretien de ce bois de grande qualité doit être très soigneux. Un chiffon humide conviendra, car s'il est mouillé, le fin vernis qui recouvre le placage peut gonfler et faire des cloques. Assurez-vous qu'il ne reste plus aucune trace d'humidité, une fois que vous avez terminé l'entretien de votre meuble.

Il faut respecter des règles d'entretien pour les incrustations de surface complexes – c'est-à-dire les meubles de bois à décor sculptés et marqueteries florales réalisés avec des placages ou feuilles de bois, ainsi que divers autres matériaux (os, laiton, etc.). Les fluctuations brusques et importantes de l'humidité relative peuvent provoquer le soulèvement des couches picturales, des fentes, des cassures, le gauchissement du bois, la dislocation des joints. N'utilisez qu'un plumeau antistatique, ou une brosse à poils doux ou un pinceau à aquarelle doux. Le vernis protégeant le bois, cirer un meuble verni est inutile.

CE QU'IL FAUT FAIRE ✓

- En aucun cas ne se laisser déborder par les tâches ménagères ! Invitez quelques amis à prendre un café : vous trouverez l'énergie de faire le ménage avant leur arrivée.
- La prochaine fois que vous utiliserez de la levure chimique, par exemple pour préparer des crêpes à la Chandeleur, des blinis ou des pancakes moelleux, chauffez de l'eau additionnée de levure chimique dans la poêle afin que celle-ci soit impeccable.

CE QU'IL NE FAUT PAS FAIRE ✗

- Ne pas cirer les sols ou les meubles seulement parce que vous aimez l'odeur de la cire, et que vous vous sentez vertueux ; vous ne réussirez qu'à attirer et accumuler plus de poussière plus vite. Épousseter avec un chiffon doux suffit.
- Ne pas grimper sur une chaise en équilibre sur la table pour remplacer une ampoule. Procurez-vous plutôt un escabeau.

5

DÉTACHER LES TACHES

La meilleure façon de venir à bout des taches, c'est de ne jamais en faire. Certes. Mais quand la maladresse s'en mêle… lorsque le contenu d'un verre de vin rouge ou d'un flacon d'encre indélébile se répand sur la nappe, ou sur la table en chêne. Ou encore, quand surviennent les petits incidents indépendants de votre volonté, et de celle de votre chiot qui se soulage sur votre nouveau tapis… eh bien, il faut prendre les mesures adéquates !

Pour commencer, mieux vaut prévenir que guérir ! Portez un tablier lorsque vous cuisinez, une salopette quand vous repeignez les murs de votre maison, quand vous lavez et nettoyez votre voiture, jardinez, utilisez des marqueurs indélébiles ou des feutres, etc. Lorsque vous changez les cartouches de votre imprimante, utilisez des encres ou des peintures, protégez la zone avec du papier journal ou de l'essuie-tout d'éventuelles éclaboussures.

Protégez vos tissus/tapisseries d'ameublement et tapis en vaporisant un imperméabilisant antitache, tissu oléofuge et hydrofuge. Lorsque vous ouvrez des bouteilles ou des bocaux, veillez à le faire sur une surface plate et facile à nettoyer, et non sur un tapis ou sur une nappe ! Lorsque vous vous maquillez, jetez un foulard sur vos épaules afin de ne pas tacher votre robe d'eye-liner ou de rouge à lèvres. Utilisez un produit d'étanchéité pour les sols en béton et pierre, un produit imperméabilisant pour le linoléum, le bois et le liège.

En dépit de ces précautions, les accidents sont évidemment toujours possibles ; dans ce cas, il faut agir vite pour éliminer l'éclaboussure, la giclure ou la tache afin de ne pas la laisser sécher et s'incruster. Mais attention, « agir vite », cela ne signifie pas non plus se précipiter sur la bouteille d'eau de Javel ou sur la brosse à récurer

dont l'usage pourra fixer la tache de façon irréversible. Au XXIe siècle, les produits chimiques modernes, les dernières connaissances scientifiques et les finitions de protection des textiles ont facilité l'élimination des taches. Conclusion : il faut connaître ses taches et ses textiles.

Ayez à portée de main un kit de détachage : de l'essuie-tout, une petite éponge, des disques de coton, un flacon compte-gouttes pour les solvants puissants, un vaporisateur (d'eau ou contenant votre produit de nettoyage fait maison), une brosse crêpe et nylon pour daims (si vous avez un manteau ou des chaussures en daim), une vieille brosse à dents souple, une brosse à vêtements, une brosse à chaussures souple, votre choix de solvants et d'agents blanchissants/de blanchiment, ainsi que du vinaigre blanc et des citrons. Vous avez ces derniers produits dans votre cuisine, mais les solvants puissants doivent être conservés dans un placard fermé à clé, hors de portée des enfants.

Pour déloger des taches, il faut d'abord en identifier la nature et la composition, et identifier le type de tissu taché. Tous les vêtements, recouvrements de meubles, revêtements de matelas, tentes de camping commercialisées dans l'UE doivent être marqués ou étiquetés de manière à présenter leur composition en fibres. Ces étiquettes doivent être solidement fixées (cousues) aux produits. La teneur en fibres doit y être indiquée (par exemple : 100 % coton, 75 % coton/25 % polyester, etc.) : c'est important pour savoir quel détachant utiliser. Si vous possédez des vêtements vintage, il y a de fortes chances pour qu'ils ne portent pas ces étiquettes, dans ce cas, il vous faudra faire preuve de bon sens. Les taches sur les tapis et moquettes ou les tissus/tapisseries d'ameublement doivent être absorbées immédiatement, soit avec du sel, soit avec de l'essuie-tout. Je vous rappelle que, dans tous les cas, et comme pour tout nettoyage, même si vous devez prendre la tache de vitesse, la patience est de mise et la clé du succès. Ne vous précipitez pas sur une tache pour la frotter férocement avec une brosse à ongles. Frottez avec soin, en douceur, à plusieurs reprises ; cela vous donnera un meilleur résultat !

Les règles de base

Elles précèdent les six techniques de base pour traiter les taches (selon le type de tache et de tissu). Les règles de base sont les suivantes.

Retirez autant que possible toute matière solide (par exemple, le vomi sur une chemise, un pull ou sur les draps). Utilisez un vieux couteau émoussé ou une spatule, ainsi qu'un bol d'eau chaude additionnée de désinfectant. Raclez du bord vers le centre afin de ne pas étaler davantage la tache. Inclinez convenablement le couteau pour bien réussir l'opération. Si la matière a durci, tapotez avec le dos d'une brosse pour fragmenter.

N'appliquez pas de chaleur sous quelque forme que ce soit sur une tache ! Ne rincez pas le vêtement taché à l'eau chaude. De nombreuses taches alimentaires contiennent de l'albumine ou une protéine similaire qui coagulent à la chaleur. Si vous appliquez du chaud dessus, jamais vous ne la délogerez, vous risquez même de l'étendre. Comme me l'a confié un professionnel du nettoyage à sec : « Les gens me disent sans cesse : "Il y a du jaune et du blanc d'œuf sur ce manteau en peau de mouton, et tout ce que j'ai fait, c'est de le tenir au-dessus de la vapeur pour les faire partir" ». La peau de mouton a rétréci à l'endroit taché, l'œuf a cuit, et la tache s'est incrustée.

Effectuez toujours un test préalable de votre produit détachant sur une partie peu visible du vêtement – ourlet intérieur ou couture intérieure. C'est important, en particulier pour les tissus précieux ou teints, ou encore, lorsque vous ne connaissez pas la teneur en fibre. Certains traitements peuvent endommager l'une des fibres, et d'autres, abîmer ou décolorer les teintures.

N'essayez pas d'éliminer les taches très tenaces. Il est préférable de confier le vêtement encore taché à un professionnel du nettoyage à sec plutôt que de l'abîmer en appliquant trop de solvant, ou en frottant trop fort. Au pire, vous pouvez toujours cacher la tache avec un foulard…

Les six techniques de base

Il existe six techniques de base pour déloger les taches sur les vêtements, les textiles et les meubles : laver à l'eau, absorber, dissoudre (utilisation d'un solvant), blanchir, lubrifier et congeler. Ces techniques sont votre arsenal, et savoir comment utiliser tel ou tel produit, votre arme principale.

1. **Laver à l'eau :** tout simplement ! Rincez immédiatement les taches non grasses sur les tissus lavables à l'eau froide qui déloge les taches de sang et d'urine. Vous pouvez tamponner délicatement les tissus non lavables avec un disque de coton ou de l'essuie-tout au préalable humidifiés avec de l'eau froide. Surtout, ne frottez pas, ne tordez pas et n'essorez pas. Tamponnez

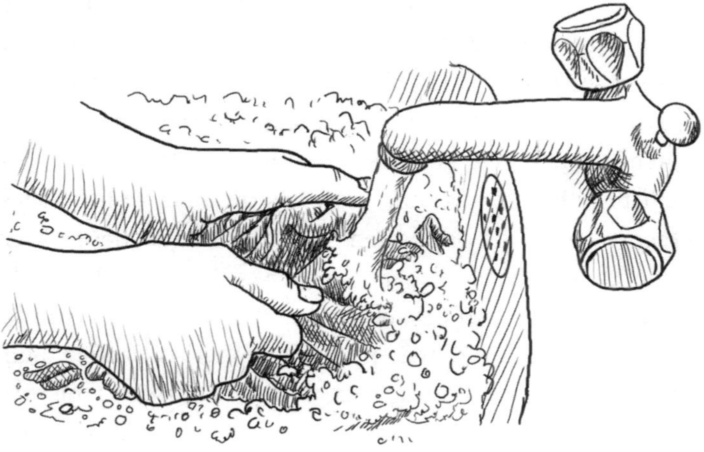

doucement, à plusieurs reprises. N'utilisez pas d'eau sur la soie sauvage ou sur la moire teintée ou sur tout autre tissu qui pourrait garder une auréole. Confiez plutôt ces textiles à un professionnel du nettoyage à sec en expliquant quelle est la nature de la tache. Les textiles sont généralement plus fragiles lorsqu'ils sont mouillés, traitez-les avec douceur. Nettoyez les taches de gras avec une solution d'eau et de savon de Marseille liquide. Sur les tissus robustes, comme le coton, vous pouvez même utiliser du liquide vaisselle pur dont vous imprégnerez les fibres en douceur avec une brosse à dents usagée souple. Laissez tremper un vêtement dans de l'eau froide additionnée de lessive ou de savon liquide pendant plusieurs heures avant de le rincer et de le laver normalement.

2. **Absorber :** l'absorption complète du vin, des jus de fruits et de l'urine sur les tissus/tapisseries d'ameublement et de recouvrement ou les vêtements est possible sans qu'il soit nécessaire de frotter. Les particules grasses logées dans les fourrures et autres textiles non lavables peuvent aussi être absorbées. Aujourd'hui, il existe différents produits naturels ou issus de nouvelles technologies qui permettent d'absorber et de neutraliser une tache. Le sel absorbe les taches de vin et de jus de fruits sur les nappes et tapis. Saupoudrez-en sur la tache avec abondance pour l'imbiber et laissez agir pendant toute la nuit. Cela peut être contrariant lors d'une soirée festive, mais c'est aussi un vrai sujet de conversation ! Si vous n'avez pas de sel, appliquez de l'essuie-tout, appuyez afin de favoriser l'absorption de la tache. Changez fréquemment la feuille d'essuie-tout. Pour vos tapis et moquettes, préférez l'essuie-tout au sel qui pourrait en altérer les couleurs. Le son de blé, la terre de Sommières (une argile fluide légèrement alcaline) et le talc sont des absorbants efficaces sur les textiles non lavables et étaient utilisés avant l'invention du nettoyage à sec. Saupoudrez sur le tissu, laissez agir pendant une douzaine d'heures, puis brossez doucement, mais soigneusement. Il faut aussi bien retirer le produit absorbant de la tache, sinon son résidu attirera la saleté.

3. **Lubrifier :** c'est une technique utile pour déloger, par exemple, le chewing-gum dans les cheveux de votre fille, les taches d'herbe sur les shorts, le goudron et l'huile de moteur. Parmi les lubrifiants : la glycérine, la vaseline, le saindoux et la margarine. Appliquez la substance choisie sur la tache pour l'imprégner avec vos doigts, puis rincez ou, dans le cas d'un chewing-gum dans les cheveux, faites-le glisser jusqu'à la pointe des mèches.

4. **Solvants :** l'alcool à brûler (appelé aussi alcool ménager) et le white-spirit dissolvent la graisse et délogent les résidus collants des petites et grandes étiquettes sur les récipients en verre. Il existe également de bons détachants sur le marché dont la plupart contiennent des solvants similaires. Si vous utilisez de l'alcool à brûler, du white-spirit ou tout autre solvant pur, tamponnez, épongez le tissu taché, surtout si c'est du cuir ou de la laine (soit dit en passant, ne jamais frotter la laine, sous peine de la voir rétrécir). Si vous utilisez un détachant conventionnel, suivez les instructions du fabricant. Nombreux sont inflammables et/ou toxiques, il faut les utiliser avec prudence, en s'assurant qu'une fenêtre soit ouverte et qu'aucune flamme n'est à proximité. Les solvants les plus doux sont le vinaigre blanc et le jus de citron.

5. **Blanchir :** parallèlement aux produits de blanchiment chlorés habituellement utilisés dans les toilettes, vous pouvez utiliser du *peroxyde d'hydrogène* ou *eau oxygénée* – un agent de blanchiment efficace et doux, composé uniquement d'oxygène et d'eau. Celui-ci est disponible en pharmacie (généralement destiné aux bains de bouche ou utilisé comme désinfectant, il a un pouvoir oxydant très doux, ce qui vous prouve à quel point il l'est, doux), et c'est un détachant efficace. Les *citrons* aussi ont un pouvoir blanchissant doux intéressant, lorsqu'on préfère utiliser un détachant qui n'est pas agressif. *L'eau de Javel* n'est pas recommandée pour éliminer les taches. En revanche, *l'eau de Javel à l'oxygène*, ou sans chlore, dont la formule repose sur le percarbonate de soude (ou percarbonate de sodium, ou encore « eau oxygénée solide ») est un agent de blanchiment qui élimine efficacement certaines taches et est l'un des composants des nombreuses lessives.

Vous pouvez l'utiliser sans risque pour laver la plupart des textiles lavables blancs ou de couleur. Elle est moins corrosive que l'eau de Javel et plus douce pour les fibres. Dans le commerce, on trouve sous la forme de poudre ou de liquide. Une fois dissoute dans l'eau, elle se décompose en carbonate de sodium (cristaux de soude), qui lui confère un pouvoir détergent et dégraissant, et en peroxyde d'hydrogène (eau oxygénée), ce qui lui donne un pouvoir blanchissant et désinfectant. Les solutions d'eau de Javel à l'oxygène sont également efficaces pour éliminer les taches sur les tapis et les tissus d'ameublement. Suivez les instructions du fabricant afin de connaître les concentrations de la solution. Mélangez de l'eau de Javel à l'oxygène avec de l'eau, tamponnez la zone tachée, en évitant de la sursaturer. Laissez agir pendant au moins une demi-heure, puis épongez l'excédent avec une serviette en papier blanc ou de l'essuie-tout propre. Renouvelez l'opération si nécessaire. Il vaut mieux utiliser plusieurs fois une solution douce plutôt que d'essayer d'éliminer la tache d'un seul coup avec une solution trop agressive. Une fois que vous avez terminé, rincez à l'eau froide, afin d'éliminer les résidus de la poudre.

6. **Congeler :** la congélation : certains articles, comme le chewing-gum, le chocolat et la cire de bougie, qui durcissent une fois secs, peuvent être congelés et la tache, ensuite grattée. Après quoi, utilisez un solvant ou lavez pour débarrasser le textile d'éventuels résidus.

La sécurité avant tout !

De nombreux solvants sont caustiques, toxiques, inflammables, et dégagent des vapeurs nocives. Lisez attentivement les instructions du fabricant, même si elles sont en petits caractères et conformez-vous-y scrupuleusement. Conservez les solvants dans une armoire fermée à clé, hors de portée des enfants (évitez de les transvaser dans d'autres récipients) et bien étiquetés. Utilisez-les dans une pièce bien ventilée, de préférence avec la fenêtre ouverte et loin des flammes. Ne mélangez jamais un type de nettoyant avec un autre, sauf si cela est spécifié par le fabricant, sinon le produit peut devenir dangereux, trop corrosif ou totalement inefficace.

N'utilisez pas d'ammoniac avec de l'eau de Javel ; une réaction chimique survient qui génère un gaz très toxique, appelé chloramine.

Identifiez vos ennemis

Chaque tache est différente. Un jus de viande, par exemple, n'est pas seulement gras, il est aussi composé de sang et de pigments. Rincez d'abord à l'eau froide afin d'éliminer le sang, puis appliquez du savon de Marseille liquide sur la tache et enfin, un solvant organique si les précédents n'ont pas eu les effets escomptés. Si le tissu est blanc, et sur les tissus délicats, préférez un agent de blanchiment doux, comme le jus de citron (voir page 171 - *Les six techniques de base*). Les taches de café nécessitent l'application de lessive, et la graisse, le lait ou la crème, d'un solvant.

Certains tissus et taches doivent être traités par un professionnel du nettoyage à sec. Par exemple, les objets anciens – tissus/tapisseries d'ameublement et tapis anciens, ou tout tissu fin ou précieux (soies, laines, moires et mousselines).

Une fois la tache délogée, des résidus de poudre restent parfois dans les fibres. La tentation est alors grande de les en extraire en grattant avec l'ongle.

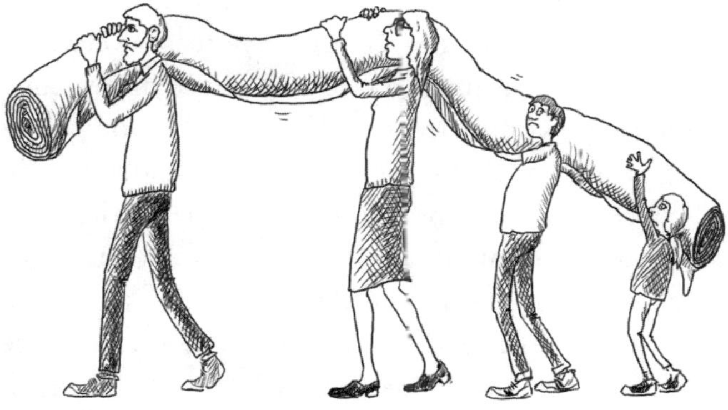

Appliquez plutôt un peu de lessive liquide pure et frottez doucement entre vos doigts. Les particules se retrouvent en suspension dans le détergent, que vous éliminez ensuite en rinçant à l'eau claire. Patience, il vous faudra effectuer plusieurs rinçages pour vous débarrasser de la lessive et des particules.
Dernier rappel : prenez votre temps, ne passez pas d'une méthode à l'autre avant d'avoir donné à la première une chance de fonctionner.

Détachez les taches les plus courantes

Chocolat

Vous préparez un chocolat chaud, vous en renversez sur votre chemise ou T-shirt, ou encore, vous vous asseyez sur le canapé, sur une boîte de chocolats que vous n'avez pas vue. Si le chocolat a séché, ayez recours à la technique de la congélation. Mettez le vêtement dans le congélateur jusqu'à ce que le chocolat devienne cassant, ce qui vous permettra de le retirer. Sinon, posez un sac ou une pochette à glaçons sur le chocolat afin de le faire durcir et ensuite, en retirer les morceaux. Dans tous les cas, appliquez le même procédé que pour les taches de sang : rincez le vêtement taché sous l'eau froide ou trempez-le dans une solution d'eau et de savon de Marseille liquide. Ensuite, lavez le vêtement comme d'habitude. Si le tissu n'est pas lavable, utilisez un détachant. Vous pouvez éponger les taches de chocolat liquide ou les taches résiduelles avec une cuillère à soupe de bicarbonate de soude diluée dans 500 ml d'eau, ou utiliser un kit de détachage. Les morceaux de chocolat incrustés dans la moquette doivent être grattés avec le dos de la lame d'un couteau et la moquette devra ensuite être traitée avec un détachant moquette professionnel.

Si une tache résiste, appliquez une solution d'eau chaude et de glycérine (50/50). Laissez agir pendant une heure ou deux, puis tamponnez à l'eau claire et épongez plusieurs fois avec de l'essuie-tout.

Moisissures, moisi

Les moisissures se développent dans l'humidité, la chaleur et la pénombre, donc dans la salle de bains en particulier, sur la cabine de douche, autour de la baignoire et du lavabo, ou sur les joints de carrelage. C'est pourquoi il faut essuyer les surfaces humides aussi souvent que possible et aérer en ouvrant les portes et les fenêtres, voire en installant un ventilateur. Vous pouvez éliminer les moisissures sur les rideaux de douche en plastique en les lavant à la machine avec un programme délicat et avec deux serviettes de bain. Pour le tour de la baignoire, préparez une solution d'eau et d'eau de Javel en suivant les instructions du fabricant (portez des gants en caoutchouc et un tablier) et frottez les zones moisies, une à une, avec une brosse à dents usagée. Ensuite, rincez et séchez. Et si vous ne voulez pas répéter sans cesse cette opération, faites refaire vos joints de salle de bains. Les moisissures se développent parfois dans les armoires ou penderies, l'odeur devient vite désagréable. Le moisi est en effet plus fréquent dans les maisons dont les pièces sont humides et/ou pas assez aérées. Lavez le linge moisi ou piqué de taches d'humidité à la machine avec un programme à haute température. Pour nettoyer des taches d'humidité sur le cuir, utilisez de l'eau oxygénée ; tamponnez et essuyez.

Alcool

Il ne s'agit pas seulement des boissons alcoolisées, cela concerne aussi les médicaments, les cosmétiques, les déodorants, les eaux de toilette et les parfums, qui parfois en contiennent et sont susceptibles d'abîmer de nombreuses finitions. Lorsque j'ai renversé du vin rouge sur un chemisier en soie neuf, je suis allée au pressing seulement le lendemain, mais l'alcool avait déjà abîmé la couleur… J'aurais dû aussitôt le retirer et le passer sous

l'eau froide… Vous pouvez également faire tremper le vêtement dans une solution d'eau et de savon de Marseille liquide pendant quelques heures avant de le laver comme d'habitude. Toute tache résiduelle peut être traitée avec une solution de peroxyde d'hydrogène (un volume de peroxyde d'hydrogène pour six volumes d'eau).

Betterave rouge

La betterave rouge, ça tache ! Rincez le vêtement à l'eau froide ou faites-le tremper toute la nuit. Imprégnez la tache de liquide vaisselle pur, puis rincez. Si en dépit de ces deux précédentes solutions la tache subsiste, saupoudrez un peu de bicarbonate de soude sur la tache humide et rincez avec de l'eau très chaude.

Sauces et jus de viande

Grattez la tache avec le dos de la lame d'un couteau. Rincez abondamment à l'eau claire, puis utilisez un solvant ou un détachant pour éliminer la graisse et enfin, lavez comme d'habitude (un bon lavage sans solvant fera parfois l'affaire). Si la tache a séché, faites tremper le vêtement dans une solution d'eau et de lessive bio, ou de savon de Marseille liquide pendant au moins une demi-heure avant de le laver. Les textiles non lavables doivent être tamponnés délicatement avec de l'eau froide, mais veillez à ne pas détremper le tissu. Enfin si nécessaire, appliquez un détachant.

Fientes d'oiseaux

Vous utilisez un séchoir extérieur, un oiseau passe et tache vos draps propres. Grattez la matière organique à l'aide d'un couteau émoussé, faites tremper l'article dans une solution d'eau chaude et de savon de Marseille liquide ou de lessive bio avant de le laver à nouveau. Si l'article taché n'est pas lavable, tamponnez et épongez avec du vinaigre blanc et de l'essuie-tout. Si les déjections sont colorées (comme celles des pigeons), utilisez une solution de peroxyde d'hydrogène et d'eau (un volume de peroxyde d'hydrogène pour six volumes d'eau).

Vernis à ongles

Avant qu'il ne sèche, absorbez-en le plus possible avec des mouchoirs en papier ou de l'essuie-tout, puis tamponnez et épongez avec de l'acétone ou de

l'acétate d'amyle (mais pas avec un dissolvant huileux). Attention : l'acétone endommagera le modacrylique, l'acétate ou le triacétate, vérifiez d'abord l'étiquette du vêtement !

Chewing-gum

À Singapour, où il est interdit depuis 1992, on ne trouve plus un seul chewing-gum sur les trottoirs. À la maison, cependant, on peut le retrouver dans les cheveux de son enfant ou collé sur le tapis. Il existe des sprays de froid (dissolvant pour chewing-gum) spécialement conçus pour déloger les chewing-gums et tout ce qui colle sur les vêtements, les tapis et les moquettes. Suivez les instructions du fabricant. Sinon, mettez le vêtement dans le congélateur et le chewing-gum congelé se retirera aisément. S'il adhère au tapis ou sur du tissu/tapisserie d'ameublement, déposez dessus un sachet ou une pochette de glaçons jusqu'à ce qu'il ait assez durci. Pour les résidus de chewing-gum, utilisez un solvant, par exemple de l'alcool à brûler, puis lavez le vêtement comme d'habitude. Pour un chewing-gum dans les cheveux, lubrifiez avec de la margarine ou de la glycérine, et faites-le glisser jusqu'à la pointe des mèches.

Urine

Qu'il s'agisse d'urine humaine ou animale, il faut vite en déloger la tache, sinon, elle sera très difficile à éliminer. Rincez au plus vite à l'eau froide, laissez tremper pendant quelques heures dans de l'eau froide additionnée de lessive bio ou de savon de Marseille liquide avant de laver comme d'habitude. Appliquez la même procédure pour des taches d'urine anciennes, en y ajoutant éventuellement un détachant commercial. Si le textile n'est pas lavable, tamponnez-le immédiatement, soigneusement, avec de l'eau froide, puis avec de l'eau et du vinaigre (une cuillère à soupe de vinaigre blanc pour 250 ml d'eau). Si c'est la moquette qui est tachée, versez un peu d'eau pétillante dessus, ou tamponnez soigneusement avec de l'eau froide. Utilisez ensuite un shampooing pour tapis et moquettes, et tamponnez, épongez avec de l'eau froide à laquelle vous aurez ajouté quelques gouttes d'un désinfectant. Si la tache a décoloré un sol en liège, en linoléum ou en vinyle, préparez une solution de deux cuillères à soupe de vinaigre de ménage dans 500 ml d'eau additionnée de quelques gouttes de lessive liquide ou de savon de Marseille liquide, et frottez avec une brosse à poils souples avant de rincer à l'eau claire. Vos chances de succès sont amoindries si la tache d'urine est ancienne – sous un tapis, par exemple. Cela m'est arrivé ; j'ai appliqué du jus de citron sur une tache d'urine de chien incrustée dans un sol en vinyle de couleur pâle et, deux heures plus tard, elle avait été presque entièrement délogée.

Moutarde

La couleur de la moutarde est parfois d'un jaune très vif, mais les taches sont beaucoup plus faciles à traiter que celle de curcuma, par exemple. Grattez l'excédent avec le dos de la lame d'un couteau. Ensuite, frottez la tache avec de la lessive ou du savon de Marseille liquide ou encore, faites tremper le textile dans de l'eau additionnée de l'un ou de l'autre pendant quelques heures. Ensuite, lavez comme d'habitude. Traitez les tissus non lavables avec un détachant conventionnel.

Huile de foie de morue

Il est facile d'éliminer les taches récentes d'huile de foie de morue, riche en acides gras oméga-3 et si bonne pour la santé, contrairement aux taches anciennes – même l'eau de Javel n'en vient pas à bout. Prenez plutôt votre huile de foie de morue sous forme de gélules ou versez-la dans une cuillère devant l'évier de préférence. Si l'huile de foie de morue tache un textile, absorbez-en le plus possible avec une serviette en papier ou de l'essuie-tout, et appliquez un solvant au dos du tissu. Les vêtements pour bébé doivent être tamponnés avec du liquide vaisselle, puis rincés et lavés comme d'habitude. Si les taches sont sèches, appliquez dessus de l'alcool à brûler ou un détachant conventionnel, et pour les tapis, utilisez un détachant pour tapis et moquettes conventionnel.

Peinture

Les éclaboussures de peintures, comme toutes les éclaboussures, doivent être retirées pendant qu'elles sont encore fraîches, sinon il y a de fortes chances que vous ne puissiez jamais les déloger. À chaque tache de peinture son traitement : ne vous trompez pas ! Rincez sous l'eau claire les textiles tachés à la peinture à base d'eau, y compris les émulsions, les acryliques et la peinture à l'huile à base d'eau, du moins lorsque la tache n'a pas séché. Imbibez la tache de lessive ou de savon de Marseille liquide, laissez agir quelques heures avant de procéder au lavage habituel. Tamponnez, épongez le résidu de couleur à l'aide d'un détachant conventionnel ou d'une solution composée d'un volume d'alcool à brûler pour six volumes d'eau.

Tamponnez les taches de peintures à l'huile, y compris la peinture brillante et la peinture sous-couche, avec du white-spirit ou avec un nettoyant pour pinceaux, puis épongez à l'eau froide. Les taches de peintures sur les tapis et les tissus/tapisseries d'ameublement doivent être absorbées le plus rapidement possible avec de l'essuie-tout, ensuite, utilisez un détachant pour tapis et moquettes ou un kit de détachage spécialement dédié.

Pétrole brut, goudron, bitume

On les voit sur les plages, sur une route ou une rue en cours de réfection, ils peuvent être très collants et, des chaussures, très vite gagner les jambes de pantalons. Certains magasins de bord de mer vendent désormais un nettoyant puissant et efficace pour les éliminés. Sinon, retirez le plus possible de la substance avec une spatule, ou en la ramollissant avec un solvant conventionnel. Ensuite, frottez la tache avec du saindoux, de la vaseline ou de la glycérine, après quoi le goudron et la graisse devraient être éliminés par lavage avec une lessive puissante et efficace. Il reste souvent une tache résiduelle grise, que vous essaierez de retirer à nouveau avec un solvant ou de blanchir avec du peroxyde d'hydrogène ou du jus de citron.

Huile de moteur

Elle est très difficile à déloger, comme vous l'avez déjà découvert si vous avez dû intervenir sur le moteur de votre voiture ! Commencez par frotter avec de la lessive liquide et rincez à l'eau froide, poursuivez avec un détachant professionnel. Veillez à faire un essai sur le tissu pour ne pas endommager le vêtement !

Les jus de fruits, boissons à base de fruits.

Nettoyez à l'eau froide, frottez avec de la lessive liquide ou du savon de Marseille liquide, laissez agir pendant une dizaine de minutes, puis rincez soigneusement à l'eau froide. Lavez à la température aussi élevée que le tissu le permet, sinon utilisez un programme froid avec de la lessive bio. Les tissus non lavables doivent être tamponnés avec de l'eau froide, puis avec de l'essuie-tout. En cas de tache résiduelle, lubrifiez avec de la glycérine et de l'eau (50/50), et au bout d'une heure, lavez comme d'habitude. Pour la soie, le nylon et la laine, utilisez un détachant textile antidécoloration conventionnel plutôt que de l'eau.

Herbe

Les taches d'herbe marquent surtout les vêtements blancs. Frottez la tache avec un peu de lessive liquide ou du savon de Marseille liquide, puis faites tremper le vêtement dans de l'eau froide pendant environ une heure. Ensuite, lavez comme d'habitude, en associant un détachant à votre lessive. Sur les baskets et les tennis, tamponnez la tache avec de l'alcool à brûler. Pour les vêtements non lavables, vous trouverez dans le commerce un détachant spécialement conçu pour les taches d'herbe.

Sang

Le sang est une tache redoutable et inévitable. Lorsqu'elle est encore humide, délogez-la en passant le vêtement sous l'eau froide, ou en le faisant tremper dans de l'eau froide et salée. N'utilisez surtout pas d'eau chaude ou tiède, cela fixerait la tache. Ensuite, faites votre lessive comme d'habitude. Si le sang a séché, brossez-le, puis faites tremper le vêtement dans une solution composée d'eau chaude et de lessive bio en poudre, ou dans une solution d'un volume de peroxyde d'hydrogène pour six volumes d'eau.

Cire de bougie

Fréquente sur les nappes, et parfois sur les poignets de chemise, lorsqu'on déplace une bougie allumée. Dans ce cas, laissez la cire sécher et durcir avant de l'enlever. Mettez le vêtement ou la nappe dans votre congélateur, ce qui vous permettra ensuite d'en détacher la cire. Si votre congélateur est déjà plein, essayez la chaleur : placez le tissu entre deux feuilles de papier buvard, appliquez dessus un torchon propre et passez un fer à repasser chaud. Utilisez le réglage le plus bas de votre fer, surtout ne faites pas fondre le tissu. Le résidu de cire doit être dissout et éliminé à l'aide d'un solvant de nettoyage à sec. Si le colorant de la cire persiste, tamponnez-la avec de l'alcool à brûler, puis rincez.

Graisses

Beurre ou margarine, huiles végétales, mayonnaise, crème glacée, ketchup et cosmétiques. Enlevez le plus de dépôt possible avec le dos de la lame d'un couteau. Lavez à haute température si le tissu le permet avec une lessive qui contient un agent de blanchiment à l'oxygène. Pour les taches résiduelles, essayez un détachant professionnel ou tout autre type de solvant, ou encore, une solution composée d'un volume de peroxyde d'hydrogène pour six volumes d'eau. Pour la laine, la soie et les tissus non lavables, essayez d'absorber la tache, lorsqu'elle est encore fraîche, avec de la terre de Sommières ou du talc que vous aurez mélangés à un peu d'eau froide pour former une pâte. Laissez sécher pendant environ une heure, puis brossez doucement. Vous pouvez absorber les taches de graisse sur la laine et la soie en mettant le tissu entre deux feuilles d'essuie-tout et en pressant un fer à repasser froid dessus.

Coloration et teintures cheveux

Les colorations sont parfois faciles à rincer à l'eau froide. Pour les teintures permanentes, imbibez la tache avec une lessive liquide de votre choix, puis lavez comme d'habitude. Ne laissez pas sécher la tache, surtout ! Cela vaut également pour le henné et les autres teintures végétales.

Colles et adhésifs

Il existe de nombreux types de colles, et si vous les renversez ou si vous commettez une erreur, en collant, chacune nécessitera un traitement différent. Les *colles ménagères* et *la colle pour maquettes d'avion* sont à base de cellulose et peuvent être retirées avec de l'acétone (mais ne l'utilisez pas sur des tissus en acétate).

Tous les adhésifs sont des polymères : certains ont déjà leur structure et sont dans un solvant approprié (eau ou solvant organique). C'est par évaporation du solvant qu'ils deviennent rigides. D'autres sont à l'état de monomère et deviennent rigides en se polymérisant. Pour d'autres encore qui se présentent en deux parties, la polymérisation survient par le mélange des deux parties. Les *colles cyanoacrylates* ou super glue (dite encore, « colle cyano », « colle universelle » ou « colle instantanée ») se polymérisent en présence d'humidité. L'air ambiant étant naturellement humide, la polymérisation a lieu directement au contact de l'air, donc et fort logiquement, l'humidité en vient à bout. Mouillez le vêtement et appliquez un peu d'acétone sur la tache de super glue. Frottez avec une brosse à dents usagée, lavez le vêtement. Les *adhésifs époxy* sont composés d'une résine époxyde et d'un durcisseur. On peut les retirer avec de l'alcool à brûler, mais seulement avant qu'ils ne durcissent, ensuite, c'est impossible. Le *PVA* (acétate de polyvinyle), également connu sous les noms de colle à bois, colle de menuisier ou encore colle blanche, peut être retiré avec de l'alcool à brûler. Les *colles Néoprènes* ou colles contact à base de caoutchouc polychloroprène, sont surtout utilisées pour coller le bois, le caoutchouc, le cuir, les objets en plastique souple, les mousses rigides. La colle Néoprène à base aqueuse coule et déborde facilement, mais vous pouvez éliminer les éclaboussures en trempant le vêtement dans l'eau froide et en frottant doucement. Vous pouvez éliminer les résidus des étiquettes autocollantes et de rubans adhésifs, parfois récalcitrants, avec de l'alcool à brûler.

Bière

Frottez doucement avec un chiffon propre imbibé de vinaigre blanc, rincez avec de l'eau. Sinon, appliquez un peu de savon de Marseille liquide. Si le tissu est lavable, lavez-le à la machine, haute température.

Encres

Il existe de nombreuses encres, certaines plus faciles à détacher que d'autres. Si vous dessinez à l'encre, il y a de fortes chances que vous vous tachiez un jour ou l'autre. Il existe des détachants professionnels pour les taches d'encre que vous pouvez intégrer à votre kit de détachage. Ci-dessous, vous trouverez d'autres astuces, mais ne soyez pas trop optimiste (et portez une blouse lorsque vous manipulez des encres !). La première règle, qui vaut pour toutes les encres : ne pas utiliser la chaleur pour essayer de déloger les taches.

Crayon indélébile

Indélébile, mais pas impossible… La tache ne partira pas à l'eau, au contraire, elle s'étendra. Composez une solution avec de l'ammoniac et de l'alcool à brûler (50/50), et tamponnez la tache à l'aide d'un chiffon doux ou d'une éponge. Patience, c'est une entreprise de longue haleine. Persistez jusqu'à ce que la tache commence à s'estomper (si vous craignez que les couleurs du textile ne « passent », n'utilisez que de l'alcool à brûler). Frottez ensuite avec de la lessive liquide ou du savon de

Marseille liquide, ou laissez tremper dans une solution d'eau additionnée de lessive pendant toute une nuit si possible, puis lavez comme d'habitude. Si la tache persiste, traitez-la avec une solution composée d'un volume de peroxyde d'hydrogène pour six volumes d'eau et rincez abondamment. À ce stade, soit vous l'avez éliminée, soit il est temps de renoncer… Si le tissu est délicat ou précieux, confiez-le à un professionnel du nettoyage à sec. Certaines personnes ne jurent que par le trempage du textile taché dans le lait pendant toute une nuit. Je n'ai pas essayé, pourquoi pas ? Ensuite, utilisez un détachant pour éliminer la graisse du lait.

Stylo à bille

Pas de panique : appliquez un peu d'alcool à brûler et frottez délicatement avec un chiffon propre. Pour le stylo sur les murs, utilisez une brosse à ongles souple, sans frotter trop fort.

Stylo-feutre

Ne désespérez pas, il y a une solution. Contactez le fabricant, qui a peut-être produit ou recommandé un détachant. Sinon, imprégnez la tache avec du savon de Marseille liquide ou de la glycérine, puis laissez agir pendant une heure environ et rincez abondamment. Ensuite, lavez comme d'habitude. Les tissus non lavables doivent être tamponnés, ensuite épongés avec un détachant professionnel ou de l'alcool à brûler.

Café et thé

Rincez immédiatement à l'eau froide. Pour le café et le thé noir, faites tremper dans une solution d'eau tiède et de lessive, puis rincez abondamment et lavez normalement. Vous pouvez traiter toute tache résiduelle avec une solution d'un volume de peroxyde d'hydrogène pour six volumes d'eau. Si c'est une tache de café au lait ou de thé au lait, laissez tremper pendant quelques heures dans de l'eau chaude additionnée de lessive bio pour neutraliser la graisse du lait, puis lavez comme d'habitude. Si la boisson a été renversée sur

un tapis, versez de l'eau pétillante sur la tache avec un siphon à soda. Sinon, traitez-la avec un shampooing pour tapis et moquettes.

Maquillage

Fards/ombres à paupières, crayons à sourcils et fonds de teint sont faciles à enlever des draps et des taies d'oreiller. Le *fard à paupières* est délogé après un lavage en machine, avec un peu de détachant sur les zones tachées. Pour le *crayon à sourcils*, imprégnez la tache avec du détachant à l'oxygène actif avant de procéder à un lavage en machine. Frottez le mascara avec un peu de lessive liquide ou du savon de Marseille liquide, puis tamponnez et épongez avec une solution composée d'ammoniac et d'eau (une cuillère à café d'ammoniac pour 500 ml d'eau). *Le fond de teint* disparaît si vous humidifiez le tissu, le frottez avec de la lessive liquide ou du savon de Marseille liquide, puis rincez soigneusement. Si le fond de teint est très gras, essayez un détachant professionnel. Pour la poudre libre ou le blush, secouez énergiquement le textile taché, passez-le à la machine ou lavez-le à la main pour éliminer les derniers résidus.

Le rouge à lèvres est censé tenir toute la journée, donc le déloger d'un col de chemisier est ardu. Si la couche est épaisse, retirez-en soigneusement le plus possible avec le dos de la lame d'un couteau. Ensuite, tamponnez et épongez avec de l'alcool à brûler ou tout autre détachant. Répétez cette opération plusieurs fois.

Rincez à l'eau froide. Laissez tremper dans de l'eau et de la lessive pendant une heure ou deux, puis rincez et lavez comme d'habitude. Le rouge à lèvres dit permanent peut être ramolli avec une solution composée de glycérine et d'eau (50/50), et enfin, le textile rincé et lavé comme d'habitude.

Crayon de couleur

Si votre enfant a dessiné ou gribouillé sur le mur avec des crayons de couleur, espérons que ce mur est peint. Tamponnez la zone avec un détachant ou du vinaigre blanc pur et essuyez avec de l'essuie-tout ou un chiffon en microfibres. Si c'est du papier peint, attention à ne pas l'endommager. Effacez les marques avec une gomme douce, ou passez un tampon éponge doux et humide sur le papier peint, et séchez immédiatement par tapotements.

Curry

Les taches de curry, de safran et de curcuma doivent être traitées immédiatement, car une fois sèches, elles sont tenaces. Grattez la tache avec le dos de la lame d'un couteau, en essayant de ne pas l'étaler. Ramollissez avec une solution composée de glycérine et d'eau (50/50), puis faites tremper dans de l'eau additionnée de lessive bio ou de savon de Marseille liquide. La tache résiduelle peut être traitée avec le jus d'un citron. Et d'ailleurs, si le vêtement a été taché dans un restaurant, demandez un quartier de citron. Vous avez été rapide, bravo !, ensuite, confiez le vêtement à un professionnel du nettoyage à sec.

Boue

Surtout, ne la retirez pas lorsqu'elle est encore humide, elle imprégnerait davantage le tissu. Attendez qu'elle sèche, vous l'enlèverez facilement en frottant avec une simple brosse et ensuite, lavez le vêtement.

Transpiration

Humidifiez les taches persistantes, traitez-les avec une solution composée d'un volume de peroxyde d'hydrogène pour six volumes d'eau. Laissez ensuite tremper une nuit dans une solution d'eau et de lessive bio et lavez. Sur les tissus en viscose, en nylon et en polyester, utilisez une solution composée d'eau de Javel (deux cuillères à café d'eau de Javel pour 500 ml d'eau) et ne laissez pas agir plus de quinze minutes.

Crème, yaourt, crème fraîche

Blancs, certes, mais gras… et si vous ne traitez pas ces taches rapidement, elles s'incrusteront dans les textiles – nappes, chemises et petits hauts. Grattez l'excédent avec le dos de la lame d'un couteau et rincez à l'eau froide dès que possible, ou faites tremper le vêtement dans une solution composée d'eau et de lessive bio, puis rincez et lavez comme d'habitude. Pour les tissus non lavables, utilisez un détachant professionnel. Si la tache est grasse, tamponnez-la délicatement et utilisez de l'essuie-tout pour absorber le solvant.

Cirage

Retirez le dépôt de cirage avec le dos de la lame d'un couteau. Utilisez un détachant professionnel ou un solvant maison, par exemple de l'alcool à brûler (un volume pour six volumes d'eau), puis faites tremper dans une solution composée d'eau, de lessive et de quelques gouttes d'ammoniac. Lavez comme d'habitude. Pour les tapis, utilisez un détachant pour tapis et moquettes, et pour les tissus d'ameublement, utilisez un kit de détachage pour tissus d'ameublement. Toute tache de couleur résiduelle peut être traitée avec un agent de blanchiment doux comme le peroxyde d'hydrogène ou le jus de citron, mais assurez-vous en après avoir fait un test sur l'ourlet du vêtement.

Jus de tomate

Voir jus de fruits.

Vin

Si du vin a été renversé sur un tapis, une nappe, saupoudrez du sel dessus afin qu'il l'absorbe (laissez agir toute la nuit) ou posez dessus des serviettes en papier ou des feuilles d'essuie-tout afin qu'elles l'imbibent, mais ne frottez pas. Un rouleau entier d'essuie-tout vous sera peut-être même nécessaire. Le problème peut être vite résolu, mais si une légère décoloration persiste, tamponnez et épongez avec une solution composée d'un volume de peroxyde d'hydrogène pour six volumes d'eau. Ceci s'applique aussi bien au vin blanc qu'au vin rouge.

CE QU'IL FAUT FAIRE ✓

- Peindre l'un des murs de la chambre de votre enfant avec de la peinture émulsion blanche lavable afin qu'il puisse exprimer sa créativité avec des craies, des peintures ou des crayons de couleur.
- Lorsque vous servez de la soupe à la betterave ou du bortsch, veillez à fournir des serviettes jetables rouges et utilisez une nappe cirée ou multicolore afin que les inévitables éclaboussures puissent être essuyées ou disparaître dans le motif.

CE QU'IL NE FAUT PAS FAIRE

- Ne pas recouvrir la flaque d'urine de votre chiot avec un tapis et l'ignorer. Cela sentira vite mauvais, la couleur foncera et tachera le sol ou le tapis. Si vous voulez avoir un chiot à la maison, soyez prêt·e à le suivre partout avec un chiffon absorbant jusqu'à ce qu'il devienne propre.
- Ne pas vous maquiller avant de vous habiller et de passer votre plus belle chemise blanche en soie.

CONCLUSIONS

Les tâches ménagères font partie intégrante de la vie. Autrefois, je pensais que rien n'était plus fastidieux et ennuyeux, qu'il fallait vite se débarrasser de cette corvée, mais j'ai appris à l'intégrer dans mon quotidien et même à y prendre plaisir.

Le plus important ? Ne cherchez pas à jouer les fées du logis ! Essayez de maîtriser la situation afin de vous sentir bien chez vous et d'y recevoir avec plaisir. Il y a une grande différence entre un peu de désordre et un espace complètement chaotique où tous les fauteuils, sièges et tables sont recouverts de cartons à pizza, ou d'avoir un lave-vaisselle rempli, un évier qui déborde, si bien que vous devez laver une tasse à la hâte pour offrir un café à votre visiteur. Certes, chacun a sa propre conception de la propreté et de l'ordre. Certains aiment un intérieur où chaque chose est à sa place. D'autres préfèrent vivre dans une atmosphère un peu bohème avec des stylos, des encres, des papiers, d'autres accessoires et objets éparpillés un peu partout, dans un apparent désordre. Il existe de nombreuses possibilités entre ces deux extrêmes : à vous de choisir. Une maison bien tenue n'est pas censée ressembler à un hôtel, c'est l'expression personnelle de votre vie et de votre personnalité, et cependant avoir un petit standing n'est pas non plus négligeable.

Prenez plaisir à faire le ménage, n'en faites pas un martyr. Considérez-le comme une compétence, non comme une corvée. Les compétences s'acquièrent, apprenez à utiliser les différents équipements domestiques à votre disposition. Une fois ces compétences acquises, le processus devient automatique. N'est-ce pas encourageant de se savoir capable et efficace ? Dès que vous commencez à éprouver un gros « ras-le-bol » à l'égard de toutes ces tâches ménagères, marquez une pause, appelez un ami, écoutez de la musique, partez en balade, détendez-vous. Reprenez plus tard avec l'esprit clair, vous terminerez en un rien de temps, et sans animosité. À part l'utilisation de l'aspirateur, la plupart des travaux ménagers ne sont guère bruyants, c'est peut-être le moment d'écouter de la musique, avec vos écouteurs si vous ne voulez pas entendre l'aspirateur. Ne vous excusez jamais de l'état de votre maison, ne vous justifiez jamais. Votre visiteur n'aura probablement rien remarqué, ou y sera indifférent. De plus, il est fort probable que la maison et/

ou l'appartement de votre visiteur soit tout aussi imparfait. Soulignez ce que vous aimez chez vous : le dernier tableau que vous avez acquis, le dernier dessin de votre enfant ou le magnifique bouquet que vous avez reçu pour votre anniversaire ou encore, les premières perce-neige dans le jardin. Si vous avez un ou deux livres à échanger, votre visiteur en oubliera que votre nappe est défraîchie. Un jour, j'ai rendu visite à une décoratrice d'intérieur dont la maison était un chef d'œuvre d'inventivité et admirablement meublée. J'aurais vraiment apprécié cette visite, si elle n'avait cessé de s'excuser pour la poussière sur le plateau en verre (que je ne voyais pas) ou pour les cadres de photos un peu de travers – mais qui me semblaient parfaitement droits. Au lieu de profiter de ce moment, j'ai dû la rassurer en lui disant que sa maison, très attrayante et à la mode, était parfaite (et sans doute mieux tenue que la mienne).

La réponse aux tâches ménagères est la suivante : compétence, décontraction et détente. Réjouissez-vous d'avoir un intérieur accueillant, chaleureux, confortable et qui donne une impression de propreté.

Tout simplement.

REMERCIEMENTS

Un grand merci à Phil et Jane Glynn, Sue MacIntyre, Deborah Wolton, Rosie Lee Phillips, Charlotte Halliday, tous toujours très occupés, mais qui ont interrompu leurs activités lorsque je les ai approchés, qui ont réfléchi aux tâches ménagères et à leurs astuces pour les accomplir. Merci encore et toujours à ma mère, qui, lorsque j'étais jeune, m'a appris les nombreuses et fabuleuses utilisations des citrons !

Merci également à Jane Priestman pour sa patience et son soutien, à James Wills pour ses encouragements, et à Jo Stansall pour avoir été un éditeur adorable.

INDEX

• A •

• D •

• E •

• L •

• N •

• P •

• R •

• S •

• T •

• V •

• W •

NOTES

NOTES